Seit dem Fall der Mauer ist Berlin wieder Hauptstadt, doch bleibt die bange Frage: wird diese Stadt den Anforderungen an eine Hauptstadt überhaupt gerecht? Zwar verteidigen die Sentatoren und Bürgermeister seit Jahren verzweifelt den Anspruch, wenn schon nicht New York und Paris, so doch Moskau und London als die „Szene"-Hauptstadt überholt zu haben. Andererseits pflegt man in Berlin das größte Sozialamt Europas und die merkwürdigsten Provinzialismen, setzt obskure Stadtteilentwürfe gegen gewachsene Strukturen. Inwieweit ist Berlin eine Hauptstadt? Wie lebt es sich in ihr? Dieser Frage gehen die Beiträge dieses Buches nach.
Werner Labisch und Jörg Sundermeier betreiben seit 1995 den Verbrecher Verlag und sind Herausgeber mehrerer Anthologien.

Hauptstadtbuch

herausgegeben von
Werner Labisch und Jörg Sundermeier

Erste Auflage
Verbrecher Verlag Berlin 2005
www.verbrecherei.de

Gestaltung: Sarah Lamparter
Umschlagfotografie: Meike Jansen
Druck: Dressler, Berlin
Printed in Germany

ISBN: 3-935843-55-0

Der Verlag dankt Evelyn Rahm, Sarah Herke und Hanna Lemke.

VORWORT

Es ist noch nicht allzu lange her, da trug Berlin zum Amüsement vieler New Yorker bei, da Berliner Honoratioren in den USA die eine Weltstadt rundweg mit der anderen gleichstellen wollten. Zumindest die Berliner Presse sprang den Mandatsträgern und Lobhudlern bei und versuchte ihren Leserinnen und Lesern das Gefühl zu vermitteln, die Friedrichstraße sei die 5th Avenue, der Prenzlauer Berg sei Brooklyn – und Wedding durfte sogar ein wenig Bronx spielen.

Andere sahen in Berlin zumindest ein zweites London oder Paris, manchmal gar ein zweites Tokio oder Moskau.

Ein paar Blätter aus anderen Städten, die nationale Verantwortung fühlten, eröffneten mit Pomp Berliner Lokalredaktionen, schlossen sie allerdings wenig später, diesmal ohne großes Tamtam. Dennoch, so stand es stets zu lesen, „liegt uns die Metropole Berlin am Herzen" – „wir" sollten dabei auch die Stammleserinnen und -leser in München und Frankfurt sein, in Städten also, die noch vor ein paar Jahren selbst darum gekämpft hatten, als Metropolen zu gelten.

Einige Menschen, insbesondere wenn sie aus dem Westen Deutschlands kamen, sahen dagegen immer wieder Russen, Polen und Tschechen in Berlin, und das nicht nur am Checkpoint Charlie oder am Brandenburger Tor, wo schnauzbärtige Männer Fellmützen, Sowjetfahnen und anderen Bolshevik Chic verkauften. Sie verstanden nicht, sie wollten nicht verstehen, warum diese kalte Stadt, die von West- und Ostberliner Betonburgen dominiert wird, denn nun Hauptstadt sein muss.

Dritte wiederum, denen die Verschmelzung von Ost- und Westdeutschland eine Wohltat war, machten sich auf die Suche nach „Geschichte“ und „Moderne“, und fanden sie in den Zukkerbäckerfassaden, die mühsam an die kriegsbeschädigten Prunkbauten geklebt worden waren, oder in den neuen Stahlglasblöcken in beiden Stadthälften, in denen die Schandbauten der 50er, 60er und 70er Jahre nicht selten würdige Nachfahren fanden. So glotzten diese Geschichtssucher ehrfürchtig in die zwischendurch freigekratzten Kellerreste des Schlosses, streichelten Bruchstücke von Ornamenten im Hirschgarten oder vermuteten gar den Führerbunker unter dieser oder jener Strassenkreuzung.

Demgegenüber blieben jene, die es in Berlin schon lange aushalten mussten, seltsam vergessen. Sie wurden, waren sie nicht bereits selbst ins Umland geflohen, an den Rand gedrängt, verloren den Palast der Republik oder das Schillertheater, fanden in Köpenick und Steglitz keine Ruhe, sahen sich von Umwälzungen gehetzt und ihre bisherigen Privilegien verloren gehen. Sogar die begeistert Zugezogenen merkten bald, dass in Berlin die Biere billig, die Stadtbäder aber teuer und kaputt sind, und dass die meisten Grünanlagen und Springbrunnen nicht mehr gepflegt werden.

Heute hat sich beides gelegt, der Hauptstadtwahn wie das Genörgel derjenigen, die von der Mauerstadt profitiert haben. Die „Bonner“ werden nicht mehr verachtet, ihr Karneval wird integriert, Ossis werden, wenn sie nicht zu derb berlinern, nicht mehr als solche erkannt, der Kanzler oder die Kanzlerin sind keine Sensation im Stadtbild mehr, Touristen gelten als normal und sogar an den BVG-Schaltern am Bahnhof Zoo wird ein bisschen Englisch gesprochen.

Dennoch muss weiterhin alles nach Berlin, seien es Unternehmenszentralen, seien es Fernsehstudios, seien es Unterhaltungskünstler, und auch die Erfahrung, dass viele, die kamen, alsbald wieder gehen wollten, hält andere nicht davon ab zu kommen. Berlin also ist Hauptstadt, bleibt es und muss es sogar dann sein, wenn es sich die so genannten Hauptstadtaufgaben nicht leisten kann.

Davon, wie es sich in Berlin gerade lebt, wird hingegen kaum noch berichtet. Daher gibt es nun dieses Buch, das Berlin vom Rand her betrachtet, auch wenn dieser Rand, etwa im Falle des Alexanderplatzes, manchmal mitten in der Stadt liegt.

Berlin, im November 2005
Werner Labisch, Jörg Sundermeier

BERLIN, LEBEN NACH ZAHLEN

Susanne Klingner

Stadtgebietsfläche 1640: **83ha**
Stadtgebietsfläche 2003: **89.175ha**

Anzahl der Wohnungen 2004: **1.879.000**
Angemeldete Kraftfahrzeuge 2005: **1.419.217**

Zahl der Kleingartenkolonien 2003: **833**
Zahl der Hundehalter 2003: **98.192**

Eingebürgerte Türken 2004: **2.536**
Eingebürgerte Australier 2004: **3**

Wasserski-Sportvereine 2003: **4**
Dart-Sportvereine 2003: **7**
Schach-Sportvereine 2003: **45**
Fischen-Sportvereine 2003: **69**

Weibliche Billard-Sportvereins-Mitglieder 2003: **4**
Männliche Fußball-Sportvereins-Mitglieder 2003: **86.433**

Anzahl der Straßenbäume in F'hain-Kreuzberg 2002: **14.444**
Anzahl der Straßenbäume in Steglitz-Zehlendorf 2002: **62.746**

Zahl der Bäume auf 1 km Straßenlänge:
in Treptow-Köpenick 2002: **61**
in Lichtenberg 2002: **103**

Betriebe im Baugewerbe 2004: **4.343**
Anzahl der Betriebe im Bereich Bergbau und Gewinnung von Steinen und Erden 2004: **860**
Landwirtschaftliche Betriebe 2003: **86**

Fangmenge aller Fischsorten 2003 in kg: **130.937**
Fangmenge der Aale 2003 in kg: **21.559**
Fangmenge der Karausche 2003 in kg: **10**

Krokodile im Zoo 2003: **6**
Paarhufer im Zoo 2003: **398**

Pinguine im Tierpark 2003: **37**
Schildkröten im Tierpark 2003: **332**

Geflügelbestand in Reinickendorf 2003: **1.575**
Schweinebestand in Neukölln 2003: **14**

Schlachtungen von Schweinen 2003: **1.017**
Schlachtungen von Pferden 2003: **1**

BERLIN IST SUPER, LANDEI

Sarah Herke

Ich komme zu spät in den Hörsaal gehetzt, lasse mich auf einen der harten Sitze fallen und sehe ihn schon aus dem Augenwinkel. Ich atme tief durch. Dann versuche ich, das Diagramm dort vorne zu erkennen. Immer noch sehe ich ihn aus dem Augenwinkel. Er ist hin- und hergerissen. Weiß nicht, ob er mehr zuhören oder mehr zu mir rübergucken soll. Daraus entsteht ein anstrengendes Zappeln, das meine Morgenlaune noch verstärkt.

Sprich mich bloß nicht an!, denke ich. Und starre geradeaus, obwohl ich nichts erkennen kann. Dreh dich nicht zu mir! Sprich mich nicht an!, versuche ich ihn in Gedanken zu hypnotisieren. Trotzdem beginnt er, näher zu kommen. Ich starre noch konzentrierter. „Hattest du die Liste schon?“ „Nee.“ Ich nehme ihm die Papiere aus der Hand, ohne ihn anzusehen. Schließlich ist die Vorlesung heute auch ungemein interessant. Trotzdem bleibt er zwei Sitzflächen neben mir hocken. Sprich mich nicht an! Ich beginne, einen Schreibblock aus meinem Rucksack zu kramen. „Warst du eigentlich letzte Woche hier?“ Das kann dir doch so egal sein. Ich sehe undeutlich, wie er beginnt, nervös mit den Fingern zu spielen. „Hm“, mache ich und finde das schon viel zu ausführlich. „Naja, ich bin auch nicht so ‘n Streber.“ Hab ich behauptet, ich wäre kein Streber? Jetzt gucke ich ihn doch an. Mitten ins Gesicht sehe ich ihm. „Nee? Was biste denn?“ Er findet das komisch.

Als er zu Ende gelacht hat und ich wieder seit Sekunden denselben Punkt auf der Leinwand anstarre, ohne ihm einen Sinn zuordnen zu können, kommt, worauf ich mich schon seit dem ersten Moment vorbereite. „Berlin ist schon ne Wucht, oder?“ Das ist nicht wirklich, was er sagt. Doch das ist es, was er meint. Ich schalte nach dem zweiten Satz ab, nachdem ich erfasst habe, dass er aus einer kleinen Gemeinde in Niedersachsen stammt. Automatisch reduziere ich seine dreiminütige Erzählung auf diese eine Aussage. Berlin ist super.

Natürlich ist Berlin super, Landei.

Das ist einem klar, wenn man in Berlin geboren wurde, dort aufgewachsen ist und das Glück hatte, dort einen Studienplatz zu ergattern. „Klar“, sage ich folgerichtig. Ihm steigt noch ein bisschen mehr Farbe ins Gesicht. Vielleicht fällt ihm gerade auf, dass er zu viel von sich preisgegeben haben könnte. „Wo kommst du eigentlich her?“, beeilt er sich dann auch zu fragen. „Berlin.“ Und, ist er erstaunt? Verstohlen drehe ich meinen Kopf gerade so weit, dass ich seinen Gesichtsausdruck unverzerrt erkennen kann. Das wäre nicht nötig gewesen. „Ehrlich, is ja cool. Du bist die erste richtige Berlinerin, die ich treffe.“ Freu dich, denke ich und bin trotzdem mächtig stolz.

Es ist schon toll, aus der Hauptstadt zu kommen, dieser dreieinhalb-Millionen-Metropole, die sich in eine Reihe stellt mit London, Paris und New York. Sofort erscheint mir meine Jugend irgendwie heldenhaft. Den Großstadtdschungel überlebt. Abgehärtet fürs ganze Leben. „Dann bist du hier auch richtig zur Schule gegangen und so, ja?“ Er hat ein so bewunderndes Strahlen in den Augen, dass ich am liebsten die Weltherrschaft an mich reißen möchte. „Hm.“ „Is ja echt cool. Hattest du bestimmt eine tolle Jugend, ne? Also ich hol das jetzt alles nach.“ Zwar bin ich nicht bereit, einzuwilligen – meine Jugend soll schon vorüber sein? Doch brumme ich bereitwillig und zustimmend. Ja, ich hatte schon eine ganz schöne Jugend.

Ich verlasse die Vorlesung ein paar Minuten eher. Als ich später aus der Toilettentür trete, steht er mit ein paar anderen um einen der Fluraschenbecher. Und hat mich schon gesehen. „Ach, hey. So was, jetzt habe ich schon meinen zweiten Berliner kennen gelernt heute.“ Das musste ja so kommen. Eigentlich möchte ich schnell verschwinden. Er grinst mich allerdings an, als wären wir alte Freunde. „Echt, da treffe ich ein Semester lang überhaupt keinen und dann gleich hier ... Wahnsinn.“ Ich könnte jetzt einfach etwas Nettes sagen und schnell verschwinden. Für solche Gelegenheiten sollte man immer ein paar Unverbindlichkeiten bereithalten. Ich habe keine.

Gelegenheit für den Anderen, zu kontern. Noch bevor er etwas ahnt. „Aus welchem Bezirk kommst du denn?“, fragt er natürlich prompt. Ich spüre, wie es wärmer wird im Raum. Dann bringe ich es hinter mich. „Aus Spandau.“ Jetzt frag bloß nicht weiter. Reicht doch. „Wo denn da?“ Er hat schon dieses dünne Lächeln auf den Lippen. „Wieso, kennste dich da aus?“ „Na, hab da einen Kumpel.“ Er kneift die Augen zusammen und zieht kräftig an seiner Zigarette.

Vielleicht gehe ich einfach. Wortlos. Einige lange Sekunden stehen wir so rum, bis der Niedersachse es dann doch wissen will. „Woher denn da jetzt?“ Als ob sich der dort auskennen würde. „Gatow“, sage ich schließlich, gebe mich geschlagen.

Da würdest du dich wie zu Hause fühlen, Landei. „Ha, aus Gatow! Spandau is ja schon nicht Berlin, aber Gatow! Wahrscheinlich sogar Kladow. Das is ja Dorf!“ Da hat es der Andere schon gesagt. Ich verabschiede mich mit einer Handbewegung. „Ist sie jetzt doch nicht aus Berlin?“, höre ich hinter mir.

Selbstverständlich bin ich aus Berlin. Ich habe aufgegeben zu behaupten, Spandauerin zu sein. Zwar weiß ich wie alle anderen Menschen, die in Spandau sozialisiert wurden, dass Spandau viel älter und bedeutender als Berlin ist. Angesichts der veränderten Verhältnisse (vor allem seit der Eingemeindung Spandaus im Jahr 1920) wird Lokalpatriotismus jedoch leider immer anstrengender. Ich kann nicht verleugnen, dass ich zum Weggehen immer mindestens nach Charlottenburg fahren musste. Dass ich „nach Berlin“ musste, wenn ich Freunde sehen wollte. Zu mir wollte keiner. Nach Spandau-City vielleicht, doch bis nach Gatow? Da verliert man ja jegliches Großstadtgefühl.

Wahrscheinlich ist es das, was auch die Bonner an Gatow und Kladow so lockt. Nicht merken zu müssen, dass sie jetzt tatsächlich in der Hauptstadt arbeiten. Sie ziehen den grünen Süd-Westen der eigens für sie gebauten Schlange in Mitte/Tiergarten vor. Ist ja auch schön da draußen.

Während ich in der Ringbahn sitze und mich dem Prenzlauer Berg unaufhörlich nähere, überlege ich, ob ich nicht meine Eltern am Wochenende besuchen sollte. Einen schönen Waldspaziergang, oder an der Havel entlang schlendern und danach Mamas Küche genießen. Allmählich entspanne ich mich. Schließlich bin ich ja wirklich eine Berlinerin, wenn auch vom Land.

Ich hab mein Adressbuch verloren
Da stehn doch eh nur Arschlöcher drin.
Cola
Hallo Imbiss
Cola
www.oz-cartoon.de

Der Typ in den 80er-Jahre Klamotten ist cool.
Der ist tot. Seit 20 Jahren. Seine Familie hatte kein Geld für die Beerdigung.

Wenn Sie an die DDR zurückdenken...,
haben Sie da einen spontanen Gedanken?
Nee, ham wa nich'!
Ham wa nich'!
Ham wa nich'!
Ham wa nich'!
Ham wa nich'!
DISCO
HEUTE:
Ost-Rock
SFB

KAWUMM
Jut wa? Seit die BVG die U-Bahnpreise anjehoben hat spreng sich die Allkaida-jungs nur no mit'n Fahrrad inne Luft!

Lass uns doch mal treffen und kein Bier trinken.
Für sowas hab ich überhaupt keine Zeit.
COCACOLA
FEUCHTES ECK
COCA COLA

Hier steht
"Love Parade
fällt aus"
Was gibt's denn
sonst noch?
"Topografie
des Terrors"
Klingt doch
auch gut.
PRINZ

IASON LEBT HIER NICHT MEHR

Kolja Mensing

1.

Eine Tapas-Bar in der Dircksenstraße in Berlin-Mitte. Frank Wulf ist Anfang 40, er trägt eine dunkle Anzugshose und einen dunklen Pullover. Vor ihm auf dem Tisch liegt, passend zu seinem Outfit, ein elegantes schwarzes Buch aus dem Merve-Verlag: „Schlachtfelder der elektronischen Wüste", Texte des 1996 verstorbenen Berliner Philosophen Markus Wolfgang Konradin Leiner, genannt Qrt.

Frank Wulf gehörte zu den engsten Freunden von Qrt, und er ist einer der beiden Herausgeber des Bandes, der ganz im Vokabular der französischen Postmoderne verfasst ist.

Es geht um „Dispositive" und „Diskurse", um „Referenzobjekte" und die „Differenz zwischen Realem und Symbolischem", und auf den ersten Blick wirkt „Schlachtfelder der elektronischen Wüste" wie ein Cut-up aus Baudrillard und Virilio, Lacan und Deleuze, angereichert um ein paar kantianisch inspirierte Strukturdiagramme und emphatische Statements zum Zeitgeist.

„Schwarzkopf, Schwarzenegger, Black Magic Johnson" lautet der Untertitel des Bandes, in dem Qrt auf den knapp 127 Seiten eine philosophische Bestimmung des Helden im Medienzeitalter aus dem Geist der Antike versucht. „Mythen sind mediale Schauplätze", schreibt er an einer Stelle: „Ihre Protagonisten sind meistens Medienarbeiter, die Berufe wie Zauberer, Seher oder König bekleiden."

Qrt, dessen Name einfach „Kurt" ausgesprochen wird, war selbst Teil eines Mythos'. Wie viele andere kommen er und Frank Wulf Anfang der Achtzigerjahre nach Berlin. Man kann es sich heute nur schwer vorstellen, doch Frank Wulf hat damals blond gefärbtes Haar und trägt Kajalstift auf, Qrt gibt sich dagegen als später Punk.

Die beiden studieren Philosophie an der FU, teilen sich eine Zeit lang eine Wohnung und gehen in Kneipen, die Risiko, Pornofinger oder Ex 'n'Pop heißen. An der Universität werden in „autonomen Seminaren" Zombiefilme von George A. Romero analysiert, man nimmt Drogen, Nick Cave ist in der Stadt. Jeder macht irgendwie Musik, schreibt Texte oder malt, die Kneipen sind neonhell und die Wohnung in den Abbruchhäusern düster.

Das ist Westberlin. Hier zu leben ist Arbeit am Mythos. Und es ist harte Arbeit.

Dann ist plötzlich alles vorbei. Anfang der Neunziger macht Frank Wulf eine Fortbildung bei Siemens und wird nun zum ganz profanen Medienarbeiter. 1996, die große Zeit der Venture-Capital-Zauberer, High-Tech-Seher und Börsen-Könige steht gerade bevor, gründet er mit anderen das Start-Up „MPT New Media".

Die Internet-Agentur hat Erfolg, wird von einem größeren Unternehmen aufgekauft und schließlich, nach dem Crash der New Economy, einfach zugemacht. Frank Wulf macht weiter, er gründet eine zweite Agentur mit dem Namen „cosmoblonde". Heute kümmert er sich dort als einer der Geschäftsführer um „Technologie und strategische Beratung" und freut sich, das inzwischen die „Kundenbasis etwas breiter, solider und planbarer geworden" ist.

Womit sich „cosmoblonde" als „Fullservice Agentur für interaktive Medien im internationalen Marken- und Marketingumfeld" über die Entwicklung von Handy-Spielen und Klingelton-Tools hinaus allerdings genau beschäftigt, ist schwer zu verstehen. Der Jargon der Branche ist eine Sprache für Eingeweihte und genauso hermetisch wie das Vokabular der Postmoderne, in dem Frank Wulf und Qrt vor zwanzig Jahre ihre Seminararbeiten geschrieben haben.

„Du willst sicher erst deine Notizen scannen", sagt Frank Wulf, als wir uns verabschieden: „Wir können dann ja noch einen Detailtermin ausmachen."

2.

1965 wird Qrt in Konstanz geboren. Er stammt aus einer wohlhabenden Akademikerfamilie. Der Vater ist Philosoph, er stirbt früh und hinterlässt eine große Bibliothek. Als Qrt mit dem Studium beginnt, Philosophie und Linguistik, hat er bereits ein humanistisches Gymnasium und ein umfangreiches Lektürepensum hinter sich – an der FU dürfte es Anfang der Achtzigerjahre nicht mehr viele Studenten geben, die Aristoteles und Augustinus im Original lesen können und darüber hinaus während der Kaminabende im elterlichen Wohnzimmer auf Heideggers Schoß gesessen haben.

Mit den Klassikern hat Qrt allerdings schnell abgeschlossen. Innerhalb kürzester Zeit arbeitet er sich in Berlin durch den neuen Kanon der französischen Postmoderne. Derrida und Lyotard, Barthes, Foucault und alles was danach kommt: Qrt lässt niemanden aus.

Und dann ist da noch das Leben. Qrt geht feiern, er verehrt Burroughs und nimmt Heroin und entwickelt schließlich eine Art intellektuelles Guerillatum: Sein Standard-Outfit sind eine Combat-Hose, ein zerrissenes Unterhemd und eine Lederjacke, in den Seminaren beschimpft er Dozenten und Mitstudenten, sucht in Kneipen Streit, fängt Prügeleien an und sprengt mit seinen manischen Auftritten Partys. Qrt macht sich eine Menge Feinde. Es ist ihm egal.

„Wenn ich überhaupt etwas an den Achtzigerjahren vermisse, dann sind es die Momente einer klaren Differenzierung zwischen dem, was gut ist und was Scheiße ist", sagt Eric Hopf. Er sitzt auf der Terrasse des Sale e Tabacchi, eines italienischen Restaurants, das im Erdgeschoss des Taz-Gebäudes untergebracht ist, und isst Pasta.

Eric Hopf, dem heute eine Werbeagentur gehört, ist der Sohn einer Schweizer Industriellenfamilie. 1986 kommt er aus Basel zum Studieren nach Berlin, geht in die gleichen Kneipen wie Qrt, interessiert sich an der Uni für die gleichen Themen, und schließlich werden sie Freunde.

1991 gründet Eric Hopf dann eine Marketing-Agentur. Das ist damals nicht einmal ein ungewöhnlicher Karriereschritt. Geisteswissenschaftler waren begehrt in der Branche, weil sie die intellektuellen Werkzeuge mitbrachte, um die angestaubte Produktwerbung an den Zeitgeist anzuschließen: Zigarettenverkaufen mit Baudrillard.

Damals schlägt die Stunde der so genannten Trendforscher.

Auch Qrt erstellt jetzt Szenegutachten für Reemtsma, die im Stil soziologischer Hauptseminararbeiten verfasst sind und Marktanalysen mit einem kulturtheoretischen Überbau verbinden: „Der Gedanke war", erinnert sich Eric Hopf, „dass man etwas Cooles macht und damit auch noch Geld verdient."

Für Qrt, den „kool killer", war der Wechsel von einer Welt in die andere vor allem ein philosophisches Problem. „Der Held steht am Rand und im Wendepunkt jedes medialen Paradigmenwechsels", schreibt er einmal, und weiter, in der von ihm geliebten Mischung aus Ernst, Pathos und Unverständlichkeit: „Die Theorie des Heroischen ist die Interpretation des Mythos am Punkt des Auskristallisierens seiner Wahrheit."

Eine Zeitlang bezieht Qrt sogar ein regelmäßiges Einkommen von Eric Hopf, bleibt aber, ganz Held, am Rand der Business Lounge und ändert seinen Lebensstil in keiner Weise. Ohne Partys und Drogen geht es eben nicht, und die Kunden sind zunächst sogar ziemlich beeindruckt, wenn Qrt bei einem Termin trotz hohem Stundensatz einfach einschläft: Der Szene-Philosoph verschafft der Agentur die richtige Street Credibility.

Trotzdem bleibt Qrt nicht lange bei der Agentur. „Die Arbeit wurde sukzessive leistungsorientierter", erinnert sich Eric Hopf, das Gleichgültige in seiner Stimme ist nicht zu überhören.

Qrt geht und verdient erst einmal eine Zeitlang sein Geld als Redakteur beim Stadtmagazin „030". Ausgehen, ausgehen, ausgehen: Jetzt, nach dem Mauerfall, ist Techno endgültig das ganz große Ding in Berlin. Jede Woche gibt es einen neuen, illegalen Club in Ostberlin, und für ein paare Jahre sieht es so aus, als ob die lange Party der Achtziger doch noch nicht vorbei ist: „Long Weekend-XTC" heißt ein Kurzfilm, den Rotraut Pape 1992 dreht, mit schnellen Bildern aus dem Berliner Nachtleben und Qrts Stimme aus dem Off.

Qrt ist längst tot, als die neuen, gerade noch jugendlichen Helden der New Economy sich ein, zwei Jahre lang gegenseitig davon zu überzeugen versuchen, dass Arbeit das gleiche Subversionspotential hat wie Musik und Drogen, und er war auch nicht mehr dabei, als nach dem Crash plötzlich alle erwachsen wurden.

„Es gibt keine Party mehr", sagt Eric Hopf heute, „nur noch ernsthaftes Arbeiten." Für ihn sei das kein Problem, erklärt er und lächelt, schließlich habe er längst festgestellt, wie viel großbürgerliches Erbe eigentlich in ihm steckt.

Eric Hopf ist 40 Jahre alt, er lebt mit seiner Freundin zusammen und hat eine siebenjährige Tochter, die Luna heißt. Seine Agentur ist vor allem im Bereich Unternehmensberatung tätig, und auf der Website werden „transparente Prozesse für bestmögliche Qualitätssicherung" angepriesen.

„Mich würde es interessieren", sagt er im Sale e Tabacchi, „ob man Qrt nicht als Entdeckung hypen könnte."

3.

Das Sputnik Südstern ist ein Kino in einem Kreuzberger Dachgeschoss. Es ist halb zehn am Abend, die Kneipe, die seit einiger Zeit zum Kino gehört, ist fast leer, und vom Balkon aus schaut man in die Räume des Fitnessstudios im Hof gegenüber. „Hier im Sputnik habe ich mit Qrt die ganzen Splatterfilme gesehen", sagt Nele Kleyer-Zey.

Nele Kleyer-Zey gehört ebenfalls zu den westdeutschen Provinzflüchtlingen. Anfang der Achtziger verlässt sie Münster und geht nach Berlin. Sie spielt Theater, ist „viel in der Szene unterwegs" und 1986 lernt sie dann Qrt kennen, bei einem Punk-Konzert im Mehringhof.

Es beginnt fast wie in einer romantischen Komödie. Die beiden verabreden sich für ein zweites Treffen, doch Qrt taucht nicht auf, weil er sich auf dem Weg zu ihr bei einem Autounfall das Bein gebrochen hat.

Nach seiner Entlassung aus dem Krankenhaus zieht er dafür gleich bei Nele Kleyer-Zey ein, mit ein paar Plastiktüten, in denen er seine wenigen Besitztümer untergebracht hat. Es sind hauptsächlich Bücher: „Damals lag er mit seinem Gipsbein auf meinem Bett und las Baudrillard." Was sonst.

Nele Kleyer-Zey – Jeans und T-Shirt – ist Ende 30, verheiratet und hat eine zehnjährige Tochter. Sie promoviert in Pädagogik und ist von der Geschäftswelt, in der Eric, Frank oder andere Freunde und Bekannte von früher leben, Lichtjahre weit entfernt.

Sie erschrickt, sagt sie, wenn sie zufällig einem von ihnen begegnet.

Ins Sputnik hat sie eine lilafarbene Mappe mitgebracht, mit Fotos und Briefen von Qrt, und außerdem noch eine Kassette, die er für sie aufgenommen hat: „the soft side of life", steht auf der einen Seite, „the hard side of life" auf der anderen. „Qrt war damals sehr ehrlich", sagt Nele Kleyer-Zey.

Auf einem der Fotos sitzt Qrt auf ihrem Bett, mit nacktem Oberkörper und glücklichem Blick. Vielleicht war es wirklich die große Liebe.

Doch es gab Konkurrenz, nicht nur durch die vielen anderen Frauen. Die Universität, die Bücher und Qrts Texte verbanden ihn fest mit der Jungswelt, in der er mit Frank, Eric und anderen lebte. Und dann – here comes the dark side of life – gab es noch das Heroin, Qrts erste und letzte Liebe.

Es gibt zahlreiche Gerüchte, über eine sorgsam geführte Liste mit Menschen, die Qrt angefixt hat. Nele Kleyer-Zey erwähnt das lieber gar nicht erst. Sie erzählt nur von einer alten Freundin Qrts, mit der er in Konstanz zum ersten Mal Heroin genommen hatte und die ihn später ab und an in Berlin besuchte. Es ist schwer zu sagen, worauf Nele Kleyer-Zey eifersüchtiger ist: auf die Freundin oder auf die Droge.

Bald wird es Mitternacht. Nele Kleyer-Zey nimmt einen Brief, den Qrt geschrieben hat, aus der lila Mappe. Die Handschrift ist weich und rund: „Qrt hat auch in jedes seiner Bücher so ein Ornament mit seinem Namen darin gemalt."

Auch die Tätowierungen, die zum Zeitpunkt seines Todes die Hälfte seines Körpers bedecken, hat Qrt selbst entworfen, erzählt sie, doch diese Phase kommt erst später: „Als ich ihn kannte", erinnert sich Nele Kleyer-Zey, „war er noch ganz rein."

4.

Qrt ist ein Selbstdarsteller. Er entblößt begeistert seinen Oberkörper, um seine Tattoos zu zeigen, mit Hanteln und Gewichten arbeitete er an seinem martialischen Äußeren. Und er schreibt nicht nur über die Rolle des „Helden im Zeitalter der Simulation", sondern nimmt auch regelmäßig als Gast an Talkshows teil – wenn es um Piercing oder SM/Sex oder sonst eine öffentlichkeitswirksame Obsession geht: „Der Star muss vor allem eine telegene Oberfläche besitzen, sein gesamter Körper ist reflektierende Haut", schreibt Qrt.

„Er war sich einfach für keinen Einsatz zu schade", sagt Tom Lamberty über Qrt, den Medienarbeiter und Bildschirmsoldaten.

Tom Lamberty ist ebenfalls einer von Qrts Freunden. Zusammen mit Frank Wulf hat er die Merve-Bände mit Qrts Texten herausgegeben, und als „Schlachtfelder der elektronischen Wüste" auf der Buchmesse vorgestellt wird, interviewt ihn Alexander Kluge für seine „Zehn vor elf"-Reihe.

„Was steht da drin?", fragt Kluge, und Tom Lamberty erklärt mit einfachen Worten, wie Qrt „die Helden des griechischen Mythos als Medienspezialisten deutet" – und dass er Qrt eher als Theorieproduzenten und nicht als Theoretiker bezeichnen würde.

In den Achtzigerjahren werden München und Köln zu Zentren der Medientheorie, aber Qrt, den rein akademische Strategien nicht interessieren, ist in Westberlin sicherlich besser aufgehoben.

Für ihn ist Denken eine handfeste, körperliche Tätigkeit. Statt ein Argument verbal zu bekräftigen, schlägt er während einer Diskussion am Tresen auch einfach mal mit der Faust zu, er verprügelt eine Freundin, weil er unbedingt an „Gewalt im emotionalen Diskurs" glauben will, und Baudrillards berühmte Bemerkung über das Tätowieren – es mache „aus dem Körper das, was er ist: ein Material symbolischen Tauschs" – nimmt er wörtlich: In seinem Testament verfügt Qrt, dass seine Haut nach seinem Tode aufbewahrt werden solle. Den letzten Willen unterschrieb er mit seinem eigenen Blut, und die Haut liegt heute in Konstanz, im Haus seiner Mutter.

„Ziemlich gruselig", sagt Tom Lamberty und schüttelt den Kopf. Tom Lamberty studiert wie Eric Hopf und Frank Wulf in den Achtzigern mit Qrt in Berlin – und auch er landet anschliessend im Big Business. Er fängt als Programmierer bei Siemens an, und findet sich plötzlich in der Personalabteilung des Unternehmens wieder.

„Ich war der Szenearsch mit den ausrasierten Schläfen", erinnert er sich: „Die hatten einfach Spaß daran, jemanden wie mich ins Flugzeug zu setzen und zu irgendwelchen Meetings nach London oder New York fliegen zu lassen."

Irgendwann kündigt er bei Siemens und geht zu einer amerikanischen Unternehmensverwaltung. Nebenher wird er gemeinsam mit Frank Wulf zu Qrts Nachlassverwalter.

1999 erscheinen bei Merve die Bände „Schlachtfelder der elektronischen Wüste" und „Tekknologic, Tekknowledge, Tekgnosis", und im Jahr darauf eine dritte, sehr viel umfangreichere Veröffentlichung: „Drachensaat. Der Weg zum nihilistischen Helden" ist Qrts fast 500 Seiten lange Magisterarbeit, in der er die Figur des Heroen von der Odyssee über die mittelalterlichen Fürsten bis zu Schopenhauer und Nietzsche und dann weiter zu Oswald Spengler und Ernst Jünger verfolgt – und schließlich in der französischen Postmoderne wiederentdeckt: „Der Heroische Nihilismus wollte nie mehr sein als ein poetischer Diskurs, ein überschäumendes Sprechen, ein exzentrisches, ein mächtiges, ein elegantes Sprachspiel."

Der Titel ist in Anlehnung an die griechische Argonautensage entstanden. Um das Goldene Vlies wieder nach Griechenland bringen zu können, musste Iason zunächst mit Feuer speienden Stieren ein Feld pflügen und dann die Zähne eines Drachen aussäen.

In der Sage entspringen dieser Drachensaat Krieger, und wenn Qrt Anfang der Neunziger eine Linie von Iason zu General Schwarzkopf zieht, nimmt er damit bereits alles vorweg, was Jahre später über die aufwändige mediale Inszenierung des zweiten Golfkrieges gesagt werden soll.

„Das Feld des Ares ist offenbar ein Schlachtfeld, das durch Informationstechnologien, hier die Bronzestiere, transparent gemacht werden soll", schreibt Qrt: „Iason soll gewissermaßen eine Kriegsreportage schreiben (das Pflügen ist die Schrift des Ackers)."

5.

Qrt erlebt nicht mehr, wie seine Theorien über den Krieg im Medienzeitalter wirken.

Am 16. Oktober 1996, er ist gerade 31 Jahre alt, stirbt er an einer Überdosis Heroin.

Er hinterlässt zwei Macintosh-Festplatten und zehn Plastiktüten voller Manuskripte, die bis heute auf ihre Veröffentlichung warten, darunter Gedichte, verschiedene Romane und auch ein umfangreicher Comic.

Bei der Beerdigung in Konstanz treffen sich noch einmal die Freunde und Bekannte von früher. Es sind Geschäftsführer und ausgebrannte Speed-Freaks, Szene-Fürsten, Junkies, und Dandys, verlorene Seelen und bekehrte Sünder, die eines vereint: sie haben die Argonautenfahrt durch die Achtzigerjahre allesamt mehr oder weniger heil überstanden.

Hier, am offenen Grab, vollendet sich der Mythos. Iason war einst geweissagt worden, dass er eines Tages gemeinsam mit seinem Schiff, der Argo, in den Fluten des Meeres versinken würde.

Die Prophezeiung hat sich nicht erfüllt. Westberlin dagegen ist mit dem Tod von Markus Wolfgang Konradin Leiner, genannt Qrt, für immer untergegangen.

Helden leben heute an anderen Orten.

HUNGER IN BERLIN

Sven Regener

Am Dönerstand gibt's Glühwein zum Fest
Und zum Aktionspreis 'ne Früchtebrotschnitte
Und Atze sagt: Das heißt Stulle bei uns
Dann fällt er und ruft: Watten ditte?!

Bei Kaiser's gibt es Buletten für lau
So ist's zur Adventszeit hier Sitte
Und Atze sagt: Meine mit extra viel Senf
Dann fällt er und ruft: Watten ditte?!

Im Grunewald wird Schlitten gefahren
Und man labt sich an C-Wurst und Fritte
Atze will auch noch Majo dazu
Dann fällt er und ruft: Watten ditte?!

Am Alex gibt es Spreewaldgurken
Für die coole Szene von Mitte
Atze will eine mit Knoblauch und so
Dann fällt er und ruft: Watten ditte?!

Geschlagen und hungrig zieht Atze nach Haus
Und hat nur noch eine Bitte
Dass endlich wieder der Frühling kommt
Dann fällt er und ruft: Watten ditte?!

80.000 QM DEUTSCHLAND

Stephanie Wurster

Seit Dezember 1998 rollen wieder die Straßenbahnen quer über den Alexanderplatz, nach 31 Jahren Pause. Dank der wiederhergestellten Tramführung kann man den Platz jetzt auch oberirdisch verlassen: über den Zebrastreifen in Richtung Haus des Reisens, der, wenn man rennt, in einer einzigen Grünphase überquert werden kann. Auf der anderen Seite – die Adresse lautet immer noch Alexanderplatz – beginnt ein 10-geschossiger Büroblock, das Haus der Elektroindustrie. Anders als in den benachbarten Häusern des Lehrers und des Reisens haben nie Menschen, deren Berufe die ältere Generation nicht versteht, drinnen gehaust. In den unauffälligen Bürogeschossen mieten Ministerien: für Umwelt, Naturschutz, Reaktorsicherheit, Familie, Senioren, Frauen, Jugend, Migration, Flüchtlinge und Integration.

Im Erdgeschoss kommen und gehen die Läden: A-Z-Elektronik war mal da, Apollo Optik, 5-vor-Travel und Foto Quelle harren noch aus. Im Restaurant und Kaffeehaus Weinzierl, einer Kneipe mit Freisitzen und österreichischem Flair, heißt der Montag Partnertag und der Dienstag Schnitzeltag. Das Klavier im Innenraum wird einmal wöchentlich zur Abendunterhaltung benutzt. Meistens aber sitzt eine akkurat eingekleidete Schaufensterpuppe daran, die ein Schild auf dem Schoß trägt:

„Dieses und andere Modelle finden Sie im Haus nebenan!“ Der einzige Laden nebenan, der ein Mitte-Publikum anlocken könnte, ist PPS, ein Foto-Labor, dessen Gründung auf den Modefotografen und Kunstsammler F.C. Gundlach zurückgeht. PPS befand sich jahrelang im 2. Stock eines leerstehenden Kaufhausgebäudes in der Rosenthaler Straße. Vielleicht war es genau das Kaufhaus, an dem Döblins Franz Biberkopf am Tag seiner Haftentlassung vorbeiwandert, kurz bevor er in der Sophienstraße plötzliche und grausame Angst bekommt.

In der Memhardstraße vor den Ministerien rauscht mehrspurig der Verkehr vorbei. Unter schattigen Bäumen stehen hier Tag und Nacht Reisebusse. Bestimmt denken viele, dass hier Berlin-Touristen für die lange Nacht des Shoppings und für die Biermeile in der Karl-Marx-Allee an- und abgekarrt werden. Doch die Busse stehen hier für gehobene Kurzreisen, für ein paar Tage Karlsbad, Gardasee oder den „König der Löwen“ in Hamburg. Die aufgeregten Rentner mit ihren veralteten rollenlosen Koffern sehen vom Alexanderplatz gegenüber nur die Hinterfront des höchsten Hotels Deutschlands, zu DDR-Zeiten das berühmte Interhotel Stadt Berlin. Wenn es abgerissen wird, das ist schon lange geplant, gerät der ganze Alexanderplatz ins Wackeln. Ein Tourist drückt sein Mobiltelefon ans Ohr, er erklärt seiner Frau, die im Kaufhof für die Reise einkauft, wo er und damit die Busse sich befinden: „Da ist diese Parkinsel und dann dahinter.“ Ein Mitreisender verbessert: „Neben dem Haus des Reisens!“ Es ist wirklich nicht leicht zu erklären.

Vor ein paar Jahren noch war der beste Treffpunkt am Alexanderplatz das Café Mosaik, ein schönes Beispiel für die

DDR-Moderne der 60er-Jahre. Mit der Durchrenovierung der Rathauspassagen verschwand der Glaswürfel, die Filiale einer Donuts-Kette ist jetzt am gleichen Platz. Das Gegenteil eines lichten Caféhausbetriebes, die schaurig dunkle, von trinkfesten Männern und wenigen toughen Frauen besuchte Besenkammerbar im S-Bahn-Durchgang, hält sich dagegen hartnäckig. „HIV-Positive welcome“ steht auf einem Aufkleber am Eingang.

Liebespaare und Touristen treffen sich seit 1967, da ist sie nämlich aufgestellt worden, an der Weltzeituhr. Dass kaum einer die Uhr kapiert, schmälert die Begeisterung der Angereisten nicht. Es ist bequem, den Heimat-Bezug fürs Foto hier herzustellen, mit der Weite des Platzes im Hintergrund: Brasilianer fotografieren sich unter „São Paulo“, Weißrussen unter „Minsk“. Montags versammelt sich an der Weltzeituhr schon ziemlich lange und ausdauernd das Berliner Bündnis Montagsdemo. Das ist eine kleine Gruppe von Männern, ihre Ehefrauen stehen am Rand und geben Kaffee aus. An dem kleinen Stand kann man sich eine Trommel oder ein in Plastik eingeschweißtes Demo-Schild ausleihen, auf dem zum Beispiel steht: „Gegen Hartz IV, Arbeitslosigkeit und die Regierung!“ Oder: „Schluss mit Desinformation und Medienhetze!“ Die Demonstration soll um sechs beginnen. Gerade ist es vier und noch keiner da. Alle kauen an ihren Bratwürsten. Dann bläst einer der Männer bunte Luftballons auf, die anderen reden sich mit ihren Ehefrauen langsam in Fahrt, die Berliner Bevölkerung zeigt noch kein Interesse an politischen Debatten.

Vor dem Eingang der U2 drängt sich auf wenig Platz der Kleinbetrieb. Flyer, die keiner will und sich manche doch aufdrängen lassen, werden verteilt, und der Lotterie-Mann mit den dicken Brillengläsern sitzt in seinem Häuschen, mal mit Regenschirm, mal ohne, im Dezember mit roter Zipfelmütze und goldenen Glöckchen. Ab und zu ruft er was Lautes. Liszts „Liebestraum" klingt aus einem Miniradio, unter seinem Pult kramt er Plastiktütchen heraus, zwirbelt sie auf und wieder zu. Weil es praktisch nie was zu gewinnen gibt, wie bei den Hütchenspielern unter dem Fernsehturm, vermittelt er anderes: Jobs zum Beispiel. „Hast du ein weißes T-Shirt und eine schwarze Hose?", fragt er eine ungefähr 50-jährige Polin, die an seiner Bude lehnt. Sie schlüpft aus einem ihrer Schuhe und reibt die Wade, gedankenverloren schüttelt sie den Kopf.

Fünf Meter weiter, unter dem Vordach des Elektronik-Kaufhauses, steht ebenso ausdauernd wie täglich ein älterer Herr mit langen gelbweißen Haaren hinter einem Abostand der Berliner Zeitung. Die Haare pflegt er wie eine ungeliebte Zimmerpflanze: Wenn sie zu einem eleganten Schopf herangewachsen sind, werden sie in einer Nacht-und-Nebel-Aktion gestutzt, als ob er 15 wäre und nicht allein entscheiden könne. Wenn bei Platzregen mal andere Jobhopper unter das Dach wollen, Verkäufer der kurzlebigen Gratis-Zeitung 15 Uhr Aktuell etwa, verteidigt er sein Revier verbissen und wirft böse Blicke und Sätze um sich.

Der Chef-Grill-Walker, ein großer Mann in blau-orange, schimpft nie. Sein Job ist vielleicht der härteste hier am Platz. Alle zwei Stunden schnallt er schnaufend den schweren Grillaufsatz ab, der ihm hinten und vorne über den Oberkörper hängt, und ein Mitarbeiter klemmt sich zwischen die Apparatur. Der Wechsel muss schnell gehen. Die Feierabendkundschaft steht schon Schlange, die Würste brutzeln weiter und die Konkurrenz schläft nicht. Sie sitzt auf der anderen Seite des U2-Ausgangs bequem im Rollstuhl, in gelben Hemden, verkauft Würstchen für den gleichen Dumping-Preis und drückt sich mit dem Bauchladen-Trick ebenfalls um eine Standgebühr.

AVOID THE WEDDING

Martin Hiebl

In Berlin by the wall. (…) / It was very nice / Oh honey, it was paradise *„Berlin", Lou Reed, 1973*

Das Bild gilt inzwischen als so genanntes Jahrhundertfoto. Der 19-jährige NVA-Soldat Conrad Schumann springt am 15 August 1961 seine Knarre fallen lassend über den Stacheldrahtzaun (welcher kurz danach zur Mauer werden sollte) in die vermeintliche Freiheit, aus der DDR in die BRD, von Ost nach West, oder genauer gesagt von Mitte in den Wedding.

Knapp ein halbes Jahrhundert später steht dreißig Meter von dieser Stelle entfernt ein Wohnhaus, welches sich damals schon in diesem Zustand an Ort und Stelle befand. Baufällig, funktional, ehemals bestimmt schön, jedoch nach wie vor bewohnt. Ein Ostberliner (Mauer-)Haus eben.

Ich zog 2003 dort ein. Große Wohnfläche, geringe Miete – der unsanierte Zustand, die Ofenheizung sowie der Gamat störten nicht weiter. Ich bin sicher nicht der erste und letzte Zugezogene, welcher diesem probaten Lockmittel verfällt. Auffallend ist jedoch die hohe „Ostlerquote" im Haus. „Ostlerquote"? Man befindet sich doch mitten in Ost-Berlin!

Doch das eine hat nix mit dem anderen zu tun. Betrachten Sie Mitte, Friedrichshain und Prenzlauer Berg (in den 90ern das größte Sanierungsprojekt Europas) doch einmal etwas genauer. Sie werden sehr schnell feststellen: Das Zentrum des Ostens ist von hippen Provinzlern aus, sagen wir, Pforzheim und Bingen am Rhein besetzt. Flanieren Sie einmal die „Casting Aley“ (Kastanienallee) entlang und halten Ausschau nach über 40-jährigen. Sollten Sie einen entdecken, gebe ich ein Bier aus.

Von dort aus sind es zehn Minuten Fußmarsch zurück zu meinem Haus. Dort ist noch alles anders. Nicht einfach nur Ostler leben dort, sondern zudem noch alte! Zum Teil erlebten sie den Bau der Mauer in dem Haus mit.

Mein Nachbar ist einer von ihnen. Heute weit über 70 Jahre alt, war er ca. vierzig Jahre lang hier Hausmeister. In den Wedding – auf der anderen Straßenseite gelegen – geht er nicht: „War ich in den 90ern mal, brauch ich nicht, obwohl, bei Aldi kauf ich ein.“ Er ist nicht der Einzige aus Mitte, für den Aldi die größte Errungenschaft des Westens ist.

Umgekehrt verhält es sich nicht anders. Auch für einen Großteil der Weddinger ist Aldi der Hot Spot ihres Kiezes. Hier war man schon immer sozial schwach – lange bevor der Osten Westen und irgendwie alles dasselbe oder auch nicht wurde. Die türkische Community, Arbeitslose mit der Bierkanne um elf Uhr vormittags am Hals, Rentner mit 400 Euro im Monat in ihren 70er-Jahre Gesobau-Blöcken. Für die meisten von ihnen endet die Wahrnehmung ihrer sozialen Realität und Alltags an der Bernauer Straße – der ehemals sichtbaren, jetzt unsichtbaren Demarkationslinie.

„Achtung, Sie betreten jetzt den informellen Sektor!“

Ebenda befindet sich der U-Bahnhof Bernauer Straße. Jugendliche aus dem Wedding, meist in Vierergruppen, haben sich hier ihren unterirdischen Arbeitsplatz geschaffen. Manchmal arbeiten sie auch im Wedding (Voltastraße), doch auch weiter nach Mitte zieht es sie rein (Rosenthaler Platz). Ihnen ist es egal, ob die erloschenen Augen und ausgemergelten Körper ihrer Kundschaft seinerzeit im Osten oder Westen waren und dort leuchteten. Vorurteile gibt es in so einem Business nicht. Der Stoff will verkauft sein, und er wird gekauft. Wie hieß es schon in den 80ern so treffend: „Die Grenzen verlaufen nicht zwischen den Völkern, sondern zwischen oben und unten!"

Denn Sarajevo is Sarajevo but Berlin is Germany. Während man etwa in Sarajevo beziehungsweise ganz Bosnien-Herzegowina sämtliche herrenlose Grünflächen aus der berechtigten Angst vor Minen tunlichst zu meiden hat, kann man auf dem ehemaligen Mauerstreifen Berlins wunderbar und ohne Gefahr für die Gesundheit lustwandeln. Wie so oft in der Hauptstadt tauchen aus dem Nichts plötzlich riesige brachliegende zugewucherte Grünflächen auf – jedoch nirgends so häufig wie an der ehemaligen Mauer.

Entlang dieses Streifens, also entlang der Bernauer Straße, herrscht ein merkwürdiger Anblick. Die Häuser auf der Ostseite sind nahezu komplett (luxus-)saniert, mit gläsernen Aussenaufzügen, oder Neubauten. Gemein haben sie jenseits des vereinenden Blicks auf den Mauerpark vor allem eins: Eine ausgeprägte Tendenz zur (Wieder-)Einzäunung des Areals sowie zumeist gesettlte Mittdreißiger aus Westdeutschland mit dem nötigen Kleingeld. Schick begrünte Gärtchen, mit Planschbecken für die zahlreichen Kinder, modernen Fahrradstellplätzen und Überwachungskameras sowie Bewegungsmeldern, um ungebetenen Besuch begrüßen zu können, entstehen dort.

Mein Hinterhof ist halbwegs schäbig. Nicht wirklich verrottet, doch hübsch nennt man anderes. Umso überraschter war ich, eines schönen Sonntagnachmittags im Treppenhaus von einer Horde japanischer Touristen überrannt zu werden, welche selbiges gerade verließen. Aufgeregt grinsend, diskutierend, den bröckelnden Deckenputz kommentierend strebten sie, von ihrem Mauerscout angetrieben, Richtung Ausgang und ließen mich mit offenem Mund staunend zurück.

In den USA nennt man diese Art Tourismus „Sluming". Die betuchten Bewohner der 5th Avenue New Yorks suchten regelmäßig die heruntergekommenen Teile der Bowery und Lower East Side auf, schlenderten die dortigen Straßen entlang, um dann, empört oder „erschüttert" über die Zustände in der Stadt, ihrem Loft oder wahlweise Penthouse entgegen zu schweben und die Ungerechtigkeit der Welt zu beklagen.

Zugegeben: Der Vergleich hinkt etwas, doch der Beweggrund ist der gleiche. Erst wird das Mauerdenkmal in derselben Straße begutachtet, um sich dann anhand der Besichtigung eines „authentischen" Beispiels vor Augen zu führen, in welch schlimmen Zuständen die Leute im Osten noch immer hausen müssen. Wenn einer eine Reise tut, dann will er was erzählen.

Wären sie zu einem anderen Zeitpunkt gekommen, hätten sie wohl auch die Junkies getroffen. Diese schauen beizeiten auch mal vorbei, um die Inhalte der in der U-Bahnstation käuflich erworbenen Briefchen auf Alupapier zu streuen, anzuzünden und den Rauch zu inhalieren.

Das Haus soll verkauft werden. Schon seit Beginn meines Lebens dort. Täglich werden vermeintliche Interessenten durch das Haus gescheucht. Immer mit demselben Ergebnis: zu teuer, zu marode. Nichtsdestotrotz hofft ein Großteil der Bewohner auf einen solventen Retter aus dem Westen. Dass ein Großteil der Bewohner die Leidtragenden, nicht die Gewinner einer Sanierung wären, sehen sie nicht.

Vielleicht hätten sie damals mit Conrad Schumann über den Stacheldraht springen sollen. Ob es was geändert hätte, ist wiederum eine andere Frage. Allerdings: Jetzt ist er zwar nicht mehr da, spüren kann man ihn aber immer noch täglich.

BERLIN MACHT DEPRESSIV

Barbara Bollwahn

Berlin ist wirklich toll. Schließlich lebe ich seit fünfzehn Jahren hier. Aber manchmal ist es ganz gut, sich für einige Wochen aus dem Staub zu machen, um zu sehen, ob man die Stadt bei der Rückkehr immer noch so toll findet. Damit der frei werdende Platz in der tollen Stadt nicht ungenutzt bleibt, machte ich mich vor zwei Jahren auf die Suche nach einem Untermieter und setzte eine Anzeige in die Zeitung.

Der einzig seriöse Interessent, der sich meldete, war ein Herr aus einem kleinen bayerischen Dorf. Wir hatten ein sehr nettes Telefonat. Er erzählte mir, dass er ein aus gesundheitlichen Gründen frühpensionierter Lehrer sei und viel Zeit habe, seinen Interessen für Kunst und Kultur nachzugehen, und dass ihm das Untermietangebot in Berlin wie gerufen käme. Es sei doch viel schöner und auch günstiger, privat zu wohnen.

Er klang sympathisch und schien mir geeignet. Trotzdem sagte ich ihm, dass er einen Tag vor meinem Abflug kommen müsse, damit wir uns persönlich kennen lernen konnten. Das leuchtete ihm ein, und so scheute er weder Kosten noch Mühe, um mir meinen Wunsch nach einem persönlichen Gespräch zu erfüllen. Er reiste einen Tag vor meinem Abflug an, mietete sich ein Hotelzimmer und kam am Abend zum Antrittsbesuch.

Ich überlegte kurz, was ich machen würde, wenn er in Natura nicht so sympathisch und seriös wäre wie am Telefon und ich ihm sagen müsste, dass er sich umsonst auf den weiten Weg gemacht habe. Doch ich kam nicht dazu, den Gedanken zu Ende zu denken, weil es an der Wohnungstür klingelte. Als ich ihn auf dem Fußabtreter stehen sah, verschwanden meine Zweifel. Ich hatte sofort das Gefühl, eine gute Wahl getroffen zu haben. Er war so Mitte fünfzig, von korpulenter Gestalt, anderthalb Köpfe kleiner als ich, Typ verständnisvoller und geduldiger Lehrer. Wir machten es uns bei einer Flasche Wein gemütlich. Er erzählte von seinem Heimatdorf in Bayern und wie schon am Telefon von seiner Sehnsucht nach Kunst, Theater und Ausstellungen in Berlin. Hätte ich nicht noch für meine Reise packen müssen, wir hätten sicher eine zweite Flasche Wein getrunken.

Ich erklärte ihm die Waschmaschine, wies ihn auf die zu giessenden Pflanzen hin, überließ ihm den Briefkastenschlüssel für die Zeitung, den Schlüssel für mein Fahrrad, nicht ohne ihm zu beschreiben, wie er den Sattel auf seine Größe herunterschrauben könne. Er war rundherum zufrieden, drückte mir verbunden mit den besten Urlaubswünschen die Miete in die Hand und erklärte mir nun seinerseits etwas. „Ich bin jetzt Ihr Hausbesorger." Ich schaute ihn fragend an. „Sie sind was?" Er erklärte mir, dass in Bayern ein Hausbesorger eine Person ist, die sich um Haus, Hof und Garten kümmert und überhaupt nach dem Rechten sieht. Hausbesorger. Ich fand das ein schönes Wort, ein bisschen antiquiert, ein bisschen wie er. Es inspirierte mich zu einem Abschiedssatz, der das Verhältnis zwischen meinem Untermieter und mir klar umreißen sollte: „Solange sie es mir nicht besorgen." Obwohl er als Bayer an derbe Sprüche gewohnt sein müsste, guckte er mich erschrocken an. Dann lachte er.

Beruhigt fuhr ich am nächsten Tag in den Urlaub. Während ich außerhalb von Berlin Glück, Erholung und Abenteuer suchte, tat mein Hausbesorger das Gleiche in der Hauptstadt. So ging das lustig weiter, stets überwies er die Miete im Voraus und jedes Mal, wenn ich zurückkam, zeugten Prospekte, Kataloge und Zeitungsausschnitte, die er zurückgelassen hatte, und begeisterte Mails, die er aus Bayern schickte, von seinen unvergesslichen Erlebnissen.

Wirkliche Verluste gab es nie zu beklagen. Einmal war ein Farn fast eingegangen, wofür mein Hausbesorger einen Piccolosekt halbtrocken in den Kühlschrank stellte. Ein anderes Mal hatte er sich mit einem blauen Tintenfleck auf meiner Bettmatratze verewigt, unterließ es aber, einen Tintenkiller zu hinterlassen. Ein drittes Mal hatte ich Angst, er hätte meine Waschmaschine kaputt gemacht, die beim Schleudern meiner Urlaubswäsche einen ohrenbetäubenden metallend-scheppernden Lärm machte. Es stellte sich heraus, dass sich der Bügel eines Büstenhalters in der Trommel verfangen hatte. Nach Durchsicht meiner Wäsche und einer Rückfrage in Bayern stellte sich heraus, dass ihn seine Frau besucht hatte. Verschmerzbare Kollateralschäden eines ansonsten ungetrübten Untermietverhältnisses.

Bis mich bei seinem vierten Berlinaufenthalt dieser Anruf erreichte. Ich war in einem Bergdorf im Tessin und hatte am Ende der ersten Urlaubswoche eine Nachricht einer netten Amerikanerin aus dem Vorderhaus auf meiner Mailbox. Weil die Wände des alten Hauses in den Bergen sehr dick sind, verstand ich nur Wortfetzen. „Probleme“, „Untermieter“, „Krisendienst“, „Feuerwehr“, „Axt“, „Wohnungstür“.

Ich rief sofort zurück und erfuhr, dass sich die Frau meines Hausbesorgers große Sorgen gemacht hatte, weil sie ihren Mann eine Woche lang nicht hatte erreichen können im großen Berlin, er nicht an mein Telefon gegangen war, und dass sie aus Angst, er könne sich etwas angetan haben, den Krisendienst informiert hatte. Weil er auch diese Anrufe ignoriert hatte, hatte sie von Bayern aus die Berliner Feuerwehr in Bewegung gesetzt. Nachdem die Jungs vergeblich an meiner Wohnungstür geklingelt und geklopft hatten, hatten sie sich mit einer Axt Zugang verschafft.

Das hätten sie sich sparen können. Mein Hausbesorger war zu Hause, also in meiner Wohnung, ziemlich betrunken und etwas durcheinander. Auf die Frage der Feuerwehrmänner und der Frau vom Krisendienst, warum er nicht geöffnet habe, sagte er: „Ich wollte meine Ruhe haben.“ Warum ihn sein Interesse an Kultur so plötzlich verlassen hatte, keine Ahnung.

Die Amerikanerin aus dem Vorderhaus hatte mir die Nummer des Krisendienstes gegeben, und kaum dass ich das Gespräch mit ihr beendet hatte, rief ich dort an. Ich klärte die Dame am Telefon auf, dass der Herr mitnichten mein Mann und auch nicht mein Freund sei, sondern mein Hausbesorger. Nachdem ich ihr die Bedeutung des Wortes erklärt hatte, fragte ich sie, wie es nun weitergehe. Sie erzählte mir, was ich schon wusste, dass er ziemlich betrunken und auch ein wenig verwirrt gewesen sei, dass aber kein Grund bestanden habe, ihn mitzunehmen, weil er offensichtlich weder für sich noch für andere eine Gefahr darstellte. Auf meinen Einwand, ob das nicht ein bisschen gewagt sei, sagte sie, dass sie ihm ein Faltblatt des Krisendienstes mit der Telefonnummer in die Hand gedrückt habe.

Wirklich beruhigt hat mich das nicht. Ich rauchte einen dicken Joint, damit ich halbwegs schlafen konnte. Am nächsten morgen rief die Frau meines Hausbesorgers an. „Ich weiß nicht, ob Sie wissen, warum mein Mann frühpensioniert ist", fragte sie, nachdem sie sich mehrfach wegen der Wohnungstür entschuldigt hatte. Ich glaubte, mich vage zu erinnern, dass er bei unserem Kennenlernen etwas von gesundheitlichen Gründen erzählt hatte. „Aus gesundheitlichen Gründen?", fragte ich zurück. „Mein Mann hat Depressionen und ich hatte Angst, dass er sich etwas angetan haben könnte", sagte sie. Ich versicherte ihr, dass die Tür das kleinere Übel sei, dass ich mir vielmehr Sorgen darüber machte, dass vielleicht bald alle Türen im Haus fehlen könnten, dass ihr Mann Schlimmeres anstellen könnte, als sich in Berlin zu betrinken und das Ende einer Depression abzuwarten.

Sie erzählte mir von dem guten Gespräch, das sie am Abend zuvor mit ihm gehabt habe und betonte, dass er nie aggressiv werde. Trotzdem bat ich sie, noch einmal mit ihm zu sprechen und in Erwägung zu ziehen, dass er vielleicht doch früher abreist. Wir vereinbarten, wieder zu telefonieren. Mit dem Sammeln von Pilzen und Maronen vertrieb ich meine Phantasien von explodierenden Häusern.

Sie rief nicht zurück an diesem Tag, auch nicht am nächsten und auch nicht am übernächsten Tag. Dafür meldete sich spät in der Nacht die Nachbarin, die mir gegenüber wohnt und bei der mein Hausbesorger immer den Wohnungsschlüssel abgeholt und abgegeben hat. Aufgeregt erzählte sie mir, dass er ziemlich verwirrt, ziemlich betrunken und ziemlich ungeduscht vor ihrer Tür gestanden habe. Er hatte sich aus meiner Wohnung ausgeschlossen und gefragt, ob er sich bei ihr aufs Sofa legen könnte. Glücklicherweise machte die Nachbarin gerade ein Praktikum in einem Sozialprojekt, das sich um psychisch Kranke kümmert, und hatte sofort ein Einsehen. „Manisch depressiv", lautete ihre Diagnose.

Doch ihre Hoffnung, er würde lediglich seinen Rausch in ihrem Wohnzimmer ausschlafen, erfüllte sich nicht. Der arme Mann brauchte Ansprache. Er bat darum, dass jemand bei ihm ganz nah am Sofa sitzt und mit ihm spricht, über irgendwas, Hauptsache, er war nicht allein. Die Nachbarin leistete ihm drei Stunden Gesellschaft und erzählte ihm ihr Leben hoch und runter. Als ihr die Augen zufielen, bat sie ihren peruanischen Ehemann, die Nachtschicht fortzusetzen. Der Peruaner erzählte ihm die Geschichte seines Heimatlandes hoch und runter. Als er zur Arbeit und seine Frau das Kind in den Kindergarten bringen musste, übernahm die Amerikanerin aus dem Vorderhaus die nächste Schicht. Nachdem auch sie drei Stunden mit meinem Hausbesorger verbracht hatte, ließ sie sich von ihrem Exmann ablösen.

Die Nachbarin fragte, ob es okay sei, meine notdürftig reparierte Wohnungstür einzudrücken, statt für teures Geld einen Schlüsseldienst zu holen. Ich fand das eine gute Idee und wir lachten darüber, dass so ein Axteinsatz auch sein Gutes habe. Ich rauchte wieder einen Joint, um Schlaf zu finden. Bevor ich einschlief, dankte ich Gott für meine Nachbarn.

Die Frau meines Hausbesorgers meldete sich erst einen Tag vor meiner Rückkehr nach Berlin. Sie teilte mir mit, dass sie nun ihren Mann abholen würde. Mit gemischten Gefühlen näherte ich mich am nächsten Abend meiner Wohnung, die das Paar erst wenige Stunden zuvor verlassen hatte. Die kaputte Tür, der seltsame Geruch, die vielen gewaschenen Handtücher, Schwamm drüber. Der Horror war der Anrufbeantworter, dessen Speicher Unterlippe Oberkante voll war. Es waren die vergeblichen Versuche der Frau, ihren Mann zu erreichen. Die Chronik eines angekündigten Einsatzes.

Nachdem sie zehn Mal aufgelegt hatte und mir das aufgezeichnete Tuten wie Alarmglocken in den Ohren klingelte, vernahm ich eine flehentliche Stimme, deren Klang meine Unterarme mit Gänsehaut überzog. „Norbert, Norbert, Norbert, meld dich doch. Ich mach mir langsam Sorgen." „Norbert, Norbert, Norbert, Norbert, Norbert, ruf mich an, komm, ruf mich an." Es klang wie eine Stimme aus dem Jenseits. Wegen der kaputten Tür schloss ich mich in dieser Nacht in meinem Schlafzimmer ein.

Zwei Tage später bekam ich eine Mail von meinem Hausbesorger. „Berlin ist ein guter Auslöser für Depressionen", schrieb er.

Das Gemüth geht also von der Empfindung zum Gedanken durch eine mittlere Stimmung über, in welcher Sinnlichkeit und Vernunft zugleich thätig sind, eben deswegen aber ihre bestimmende Gewalt gegenseitig aufheben, und durch eine Entgegensetzung eine Negation bewirken.

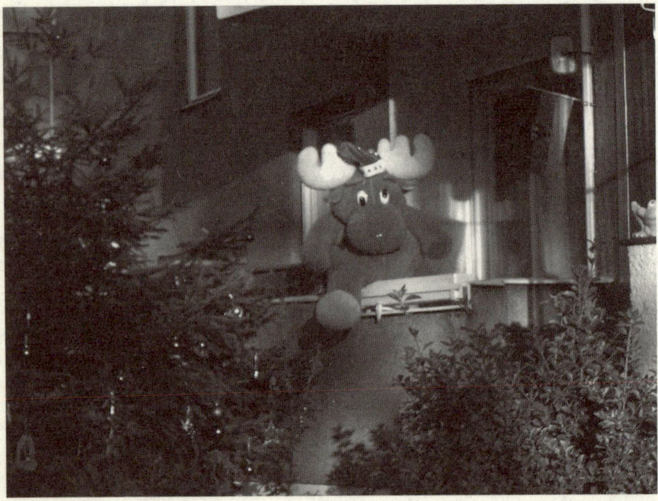

Vertrieb-Versand

SEID BEREIT

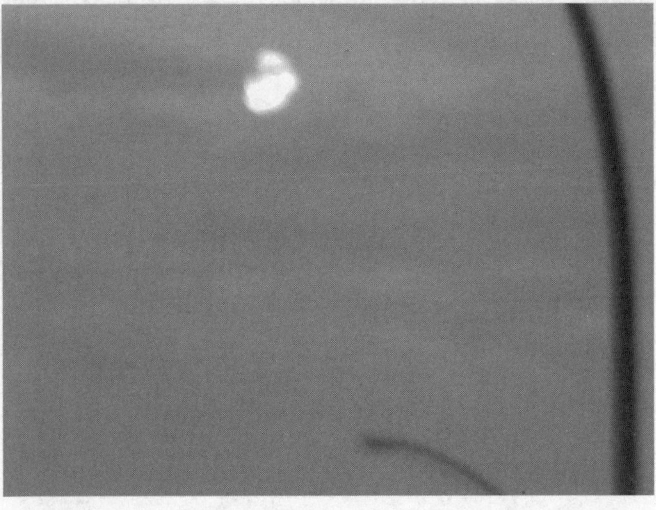

AEROFLOT

ICH WOLLTE NIE ZU BAYERN MÜNCHEN GEHEN

Nils Folckers

Es geht erstens um Spaß und zweitens darum, den Gegner leiden zu sehen.

Bixente Lizarazu; Linksaußenverteidiger beim FC Bayern München mit der Trikotnummer 69

Inzwischen habe ich die Altersweisheit erreicht, in der ich bereit bin, das Unerträgliche als Regelfall anzunehmen. Früh geschult in dieser Weisheit wurde ich allein schon dadurch, dass ich im Nordhessischen aufgewachsen bin. Das bedeutet, nach Westen, Süden und Norden sind es 200 Kilometer bis zu einem Stadion mit einem ernstzunehmenden Fußballverein, in Richtung Osten war nach 20 Minuten die Welt zu Ende. Daher war die Wahl einer Lieblingsmannschaft zufällig und nicht eine dem Wohnort geschuldete vorgeburtliche Selbstverständlichkeit wie im Ruhrgebiet, Hamburg oder München.

Bei uns war der Grund für die Wahl des favorisierten Vereins wahrscheinlich die Duplo und Hanuta beiliegenden Sammelbilder, die auffällig häufig pubertierende Mädchen zu Fans vom Dauergewinner Bayern München machten. Der schöne Kalle Rummenigge war bei ihnen sehr beliebt und trieb die auf minderes Interesse stoßenden Klassenkameraden scharenweise jedem anderen Verein in die Arme. Aufgrund dieser fußballerischen Konstellation erlosch mein kindliches Vereinsinteresse, nur um später überraschend zurückzukehren.

Nach ersten Kontakten mit der Welt suchte ich Verbündete. Diese sah ich in den Fans des FC St. Pauli, deutlich erkennbar an dem Aufnäher mit dem zertrümmerten Hakenkreuz. Denn welche andere Antifa wirkte so auffällig, trinkfreudig und gut gelaunt?

Auch zog es mich von jeher in die leicht verlotterten Kneipen, in denen der Preis der Einrichtung nicht auf die Getränke geschlagen wird, weil der schon von den vorherigen Trinkergenerationen abgezahlt worden ist. Ebenso hielt ich ein überwiegend männliches angetrunkenes Publikum für ein ausgesprochen positives Signal. Denn der Grund für deren Schenkenwahl lässt sich in einer Mischung aus gut gezapftem Bier, niedrigem Preis, einer späten Sperrstunde und allem möglichen Hardrock vermuten. Und gerade in diesen von mir besuchten Kneipen hing oft im Klo der Aufkleber „St. Pauli-Fans gegen rechts". Natürlich gab es dort auch Fernseher mit abgezapftem Premierefußball. So verfolgte ich die Spiele und wurde vom Sympathisanten zum Fan.

Noch dazu fand ein Freund von mir einen Job in der billigsten 24-Stunden-Kneipe von St. Pauli und zog in eine WG auf der Reeperbahn. Als ich ihn das erste Mal besuchte, stellte ich fest, dass seine Mitbewohner den Wohnort von ihrer Fußballleidenschaft abhängig gemacht hatten, schwarze Kapuzenpullover mit Totenkopf trugen und liebend gern Stadionkarten für mich übrig hatten.

Ich war ein Verbündeter.

Aber ich hatte nicht lange etwas davon, da der FC St. Pauli zwar grandios die Bayern besiegte, aber anschließend gleich bis in die Regionalliga abstieg.

Fußballkünstlerische Diaspora gewohnt, war ich inzwischen nach Berlin gezogen, musste mir neue Stammkneipen suchen und fand eine in der Dresdner Straße in Kreuzberg. Dort ist auch der Vereinssitz einer antifaschistischen Thekenmannschaft mit dem schönen Namen THC Franziskaner FC. Demütigenderweise war der Erzfeind Bayern München inzwischen so freundlich, mit einem Benefizspiel St. Pauli aus der selbst verschuldeten finanziellen Not zu helfen.

Ideologische Verwirrung war in meiner neuen Kneipe schon länger zu Hause. Auf dem Klo klebten diverse Zettel wie „SV-BABELSBERG-FANS GEGEN RECHTS", „TE-BE-FANS GEGEN RECHTS" oder „WERDER-FANS GEGEN RECHTS", alle im altbekannten Design mit zertrümmertem Hakenkreuz. Noch dazu waren dort vorwiegend ganz ernsthafte Werder Bremen Anhänger versammelt. Nun sind normale Fußballfans grundsätzlich das Letzte, aber Spielübertragungen sind nun mal spannender, wenn man zu einem Verein hält. Da die Regionalliga nicht vernünftig gezeigt wird, musste ich mich für einen neuen Verein entscheiden, und pflichtgemäß entschied ich mich für Bayern München, denn die hatten schließlich mit der Solidarität angefangen. Nebenbei nahm ich billigend in Kauf, dass deren Vereinsfarbe Rot ist, der Verein jüdische Wurzeln hat und kontinuierlich die beste Mannschaft der Liga stellt. Nun war ich aber quasi der Einzige in einer Kneipe voll mit Bremenfans, der bei Toren der Bayern jubelte. Offensichtlich bin ich kein Revolutionär, sondern nur ein

Rebell, denn für einen Revolutionär hat die Partei immer Recht und die Partei ist die Mehrheit. Da ich nicht jedem einzelnen Gast meine Beweggründe erklären konnte und wollte, beschränkte ich meine Aufenthalte auf Fußballübertragungen und suchte noch nach einem Ort zum provokationsärmeren geselligen Austausch. Wie Peter Hacks bemerkte: „Es gibt ein Alter, in dem auch stolze Menschen die Lust verlieren, sich hassen zu lassen.“ Mir zumindest reichen zur Zeit zwei Stunden am Samstag.

Der Zufall kam zur Hilfe: Auf der Frankfurter Buchmesse traf ich den Bakuninverleger Bernd Kramer, den ich dank seiner massigen, geradezu altdeutschen Art mit seiner langen weißen Haar- und Barttracht erkannte, und lobte ihn für sein lustiges Buch „0,7 Gramm“, geschrieben zur „hochwohllöblichen Warnung an alle, die der Leichtsinn und das Widerwort treiben“.

Darin beschreibt er eine Odyssee, die er 1991 durch griechische Polizeistationen und Knäste machte, weil er mit einer vergessenen minimalen Menge Haschisch am Flughafen erwischt wurde und entsprechend unwirsch reagierte.

Da wir beide nicht viel Zeit hatten und uns auch nicht kannten, blieb es bei dem schnellen Lob, und erst als zum Feierabend am Stand der Tageszeitung junge Welt genossenschaftlich Freigetränke mit einem großen Anteil Solidarität für Kuba ausgeschenkt wurden, kamen wir wieder ins Gespräch, und er lud mich zu seiner nächsten Lesung ein.

Ort der Veranstaltung war sein Stammlokal Goldener Hahn am Heinrichplatz, was mich überraschte, hatte ich diese Kneipe doch bisher immer nur als geschlossen wahrgenommen.

Am Samstag ging ich zuerst Fußball gucken und anschließend etwas verfrüht zur Lesung.

Hinweise auf eine Veranstaltung sah ich nirgendwo. Immerhin waren ausnahmsweise die schweren Jalousien vor Tür und Fenstern hochgezogen, doch ließ sich die Tür nicht öffnen, sondern nur berütteln. Innen sah ich durch die Riffelglasscheibe sowohl Licht als auch schemenhaft Menschen und wartete daher darauf, dass mir geöffnet wurde. Ein Summer gab die Tür frei und ich trat in einen kleinen Gastraum, in dem die patinagetränkte Einrichtung den Charme einer Eckkneipe der frühen 60er Jahre bewahrt hatte. Eine Hand voll Leute schaute mich so erwartungsvoll an, wie man einen Überraschungsfremden bei einer Party unter alten Freunden betrachtet. Hier wurde wohl nicht mit Laufkundschaft gerechnet, und daher sagte ich, dass mir Bernd Kramer erzählt hätte, es würde hier heute eine Lesung stattfinden.

Freundliches Gelächter war ein Teil der Antwort, denn Bernd sollte schließlich selber vorlesen. Eintritt wurde keiner erhoben, ich erhielt mein Getränk von einer bestens aufgelegten mütterlichen Wirtin und erfragte die Öffnungszeiten, die wochentags von ungefähr 12 Uhr mittags bis ungefähr 18 Uhr nachmittags reichten, außer wenn an Samstagen Lesungen stattfänden, dann wäre das Ende offen. Das erklärte meinen bisherigen Eindruck einer geschlossenen Wirtschaft, denn zu dieser Uhrzeit trinke ich normalerweise nicht mehr und nur sehr selten schon wieder. Während sich der Raum zügig überfüllte – immer zuerst das Rütteln an der Tür, nach kurzer Frist gefolgt vom Betätigen des Summers – sah ich mich um: Der Frauenanteil lag bei etwas über der Hälfte und reichte vom

Punkermädchen bis zur matronenhaften Dame, die sich für den Lesungsabend wohl nicht extra zurecht gemacht hatten. Das gezapfte Bier schmeckte wie Neuköllner Bier eben schmeckt, in der Musikbox reichte die Auswahl von Glenn Miller bis Jimi Hendrix, und ich senkte den Altersdurchschnitt, statt ihn zu heben.

Hier war ich in der Antithese gelandet zu den anderen Lesungslokalen, die ich bisher in der Hauptstadt besucht hatte.

Ich hatte wirklich nur Läden kennen gelernt, die wohl Dank ihres Veranstaltungsprogramms als angesagt galten und sowohl Gäste als auch Bedienung unter den entsprechenden Druck setzen, sich auch so zu benehmen. Die Kellner sind in Wirklichkeit Schauspieler, Modedesigner oder Drehbuchautoren, die den Job nur übergangsweise machen, bis sie Oscar und Nobelpreis gewinnen, bzw. sie verhalten sich natürlich nur so. Die Gäste wiederum erwarten genau das als Zeichen für ein In-Lokal und freuen sich, wenn sie es schaffen, eine Flasche Bier zu bestellen und sogar zu bekommen, während sie zum Eingang schielen, um den Besuch von Hauptstadtprominenz nicht zu verpassen.

Im Goldenen Hahn wurde ich gefragt, ob ich neues Bier will, bevor ich ausgetrunken hatte, und irgendwann bekam ich dazu Freischnäpse von der Wirtin hingestellt, weil man das Bier ja nicht trocken runterwürgen kann. Das war nicht etwa eine Sonderbehandlung, sondern alle Besucher hatten an der Theke einen höheren Dispokredit als bei der Bank.

An der Wand klebte die Kopie eines Antrags von Bernd Kramer an die UNESCO, den Goldenen Hahn samt Insassen zum Weltkulturerbe zu erklären.

Der hatte inzwischen seine Lesung angefangen, befeuert von leicht zotigen Zwischenrufen der weiblichen Belegschaft, und im aufsteigenden Nebel hörte ich den Kneipendialog:

Sie: „Ist er hart?“

Er: „Was?“

Sie: „Dein Job!“

Als ich am nächsten Montagnachmittag den Goldenen Hahn betrat, sagte die Wirtin zu mir: „Ich wusste, dass du wiederkommst!“ Ich antwortete wahrheitsgemäß: „Ja, ich wusste auch, dass ich wiederkomme.“ Und wirklich erst danach bemerkte ich den St. Pauli-Aufkleber an der Wand.

GENERATION WEST-BERLIN

Philip Meinhold

„Allen Mythen zum Trotz ist der Berliner gleichwohl kein Großstadtbürger. Sein Misstrauen gilt dem Neuen. Sorgsam hegt er eine Kleinstadtborniertheit, die er nach 30 Jahren Inseldasein für seine Mentalität hält.“ *Der Spiegel*

Im Sommer 1987 war ich 16; Berlin wurde 750 Jahre alt und der Ku'damm zu meinem Wohnzimmer. Die Nachmittage verbrachte ich meistens gegenüber vom Kranzler; dort stand ein Kunstwerk aus übereinander gestapelten Absperrgittern. Vor dem Gitterturm wachte jeden Tag ein Berliner, der mit einem Schild um den Hals gegen diese Verschwendung von Steuergeldern demonstrierte. Ich lauschte den Diskussionen, die sich entsponnen, und dachte: Det is Berlin. Die Mitte der Welt. Und mitten in der Mitte: der Ku'damm. Irgendwas war hier immer los. Wenn man Glück hatte, kam sogar eine Demo vorbei. Die begann am Adenauerplatz und endete an der Gedächtniskirche. Manchmal auch umgekehrt, aber durch mein Wohnzimmer ging sie fast immer.

Det war Berlin. Groß genug, dass etwas passierte. Und überschaubar genug, um zu wissen, wo es passierte. In einer Stunde war jeder Fleck zu erreichen. Spandau war fast eine andere Stadt und das Schlesische Tor das Ende der Welt.

„Kommt Ihr Euch nicht eingeengt vor?“, fragten die Touristen. Wir kannten die Frage, aber wir verstanden sie nicht. Berlin war für uns der einzige Ort, an dem wir uns vorstellen konnten zu leben. Hier gab es alles, was man brauchte. Der Wannsee war unser Meer und der Grunewald unser Dschungel. Auch wenn die SPD in den 70ern plakatierte: „Berlin stimmt wieder“ – für uns hatte die Stadt immer gestimmt. Es war, wie es war, und so wie es war, war es selbstverständlich. Die Mauer haben wir nie besichtigt. Wir waren eher überrascht, wenn wir mal vor ihr standen – und fühlten uns in Sicherheit, weil wir uns nicht weiter verlaufen konnten.

Die DDR interessierte uns nicht. Sie war weder gut noch schlecht, sondern einfach nur da. Ihre Existenz in Gänsefüßchen zu packen wie in der Springerpresse, kam uns absurd vor. Wir fanden sie eher langweilig als bedrohlich. So langweilig, wie wir sie als Kinder an der Passagierscheinstelle im Forum Steglitz kennen gelernt hatten. So langweilig, wie es war, jeden Urlaub im Stau an der Transitkontrolle zu beginnen.

Und für die Heimreise galt: Von den Kilometerangaben hinter „Berlin – Hauptstadt der DDR“ musste man 50 abziehen; ab „Plaste und Elaste aus Schkopau“ noch eine Stunde bis zu unserem Berlin. Freiheitskundgebungen lagen uns fern. Wir fühlten uns frei.

Warum auch nicht! 28 Jahre lang wuchs in West-Berlin eine Spezies heran, für die Vereinigung nichts mit „wieder“ zu tun hatte. Als wir die Stadt entdeckten, gehörte die Mauer längst dazu. Freunde dahinter hatten höchstens die Eltern. Der Transitverkehr mit Wessiland war geregelt. Wer wollte, konnte den Osten besuchen – wenn auch nur gegen ein überhöhtes Eintrittsgeld – wie im Phantasialand. Wir taten es von Zeit zu Zeit; aber nur, weil Phantasialand zu weit weg war.

Doch so normal uns das alles auch vorkam, besonders fühlten wir uns trotzdem. Wir fühlten uns als Berliner, wie sich Wuppertaler als Deutsche fühlten. Und dafür, dass wir anders waren, gab es genug Beweise: Die Bundeswehr ließ uns in Ruhe, und den Bundestag durften wir nicht mitwählen. Dafür gab es bei uns nach alliiertem Recht noch die Todesstrafe. Wir waren stolze Besitzer von behelfsmäßigen Personalausweisen, und weil wir die ja nicht jedem ungefragt unter die Nase halten konnten, fingen wir bei Besuchen in Wessiland an zu berlinern (was wir zu Hause nie machten). Wessis waren damals noch alle, die aus dem Bundesgebiet kamen. Eine Bezeichnung, die gleichbedeutend war mit Hinterwäldler und Ahnungslose – egal, ob jemand aus Köln kam oder Oberwarmensteinach. Besonders ahnungslose Hinterwäldler outeten sich durch eine Nachfrage zu unserer Herkunft: „Ost- oder West-Berlin?" Dann lachten wir herzlich und laut.

Die große weite Welt fanden wir in unserer kleinen: Unsere Promis hießen Juhnke und Mira, unsere Politiker Stobbe und Diepgen. Unsere „Tagesschau" war die „Berliner Abendschau", und die Skandale hießen Antes und Garski. Politik wurde im Rathaus Schöneberg gemacht – zwischen Lohnsteuerkartenstelle und Standesamt.

Provinziell? Papperlapapp. Wir waren die Größten. Doch mit dem Fall der Mauer fiel auch unsere überschaubare Welt. Die Ossis gewannen die Freiheit, die Wessis an Selbstwertgefühl. Und wir? Wir gewannen Bewegungsfreiheit, die wir gar nicht brauchen. An die wir uns bis heute nicht gewöhnen können. Wenn wir im Sommer an den Stechlinsee fahren (und wir fahren selten raus aus Berlin), bereiten wir uns vor wie auf eine Reise: Wir planen schon Wochen vorher und packen Proviant ein, als wüssten wir nicht, dass es mindestens so viele Imbissbuden wie Nazis gibt. Wenn wir in Berlin Klamotten kaufen gehen, dann nach wie vor am Ku'damm oder der Schlossstraße. Friedrichshain liegt für uns kurz vor Frankfurt (Oder). Ein Freund stellte neulich fest, dass es in Berlin nur drei U-Bahn-Linien ohne überflüssige Stationen gebe: die U 4, 7 und 9. Denn die halten nicht im Osten.

Nicht, dass wir wirklich etwas gegen den Osten haben, wir haben nur einfach viel verloren: Die Berlin-Zulage an den Aufbau Ost, das Nachtleben an Mitte und Prenzlauer Berg, den Begriff Wessis an die Ossis. Für die sind wir jetzt selber welche. Und wenn wir heute in Wessiland anfangen zu berlinern, werden wir für Ostler gehalten – und können nicht mal mehr unseren behelfsmäßigen Perso zücken. Den mussten wir mit unseren anderen Insignien abgeben. Besondere Kennzeichen: keine.

Zurückbekommen haben wir für diesen letzten Zwangsumtausch nichts – nicht mal Begrüßungsgeld. Dass Berlin Hauptstadt und Regierungssitz werden würde, war für uns eh selbstverständlich. Wir waren schon immer der Mittelpunkt der Welt (auch wenn in allen Himmelsrichtungen Osten war). Bloß dass die Bonner dafür nach Berlin ziehen mussten, empfanden wir als störend.

Der alten Tante Tagesspiegel vertraute eine Berlinerin vor einiger Zeit an, sie habe eine „tiefere innere Sehnsucht nach der Kuscheligkeit des alten West-Berlin". Die wurde von rheinischen Frohnaturen inzwischen endgültig wegmodernisiert. Kreuzberg, unser altes Ende der Welt, gehört auf einmal zur neuen Mitte. Und selbige sitzt da jetzt auch noch in den Cafés rum, trinkt Prosecco und findet Berlin „unheimlich spannend“. Aber spannend war es auch schon 1987 auf dem Ku’damm. Nur nicht unheimlich.

SCHRÖDER ERZÄHLT: DAS GELD LIEGT AUF DER STRASSE

Barbara Kalender und Jörg Schröder

Im Frühjahr nach dem „Beitritt" der DDR überlegten wir, ob wir nicht doch wieder nach Berlin ziehen sollten – Jugendstilvilla in Bayern hin oder her – und dabei zusehen, wie Deutschland sich vereinigt. Es lag ja irgendwie nahe, meine Geschichte dort zu erzählen, wo sie begonnen hatte. Schließlich bin ich in Berlin geboren und bis zum zehnten Lebensjahr in Niederschönhausen aufgewachsen. 1948 gingen wir über die grüne Grenze, danach begann die Herumzieherei in der Bundesrepublik: zunächst nach Rinteln an der Weser, aus Niedersachsen nach Bonn, dann Düsseldorf und Köln, vom Rheinland nach Hessen, also Darmstadt, danach lange Zeit in Frankfurt und im Vogelsberg, später der Umzug nach Bayern. Während dieser Zeit hatte ich die Bande zu Berlin nie ganz gekappt. Fast zehn Jahre lang hatte der März Verlag seinen Hauptsitz in Kreuzberg mit Blick aufs Paul-Lincke-Ufer, und in die Hauptstadt der DDR fuhr ich oft, um Tante Elfi und meine anderen Verwandten zu besuchen. Unzählige Male ließ ich die entnervenden Kontrollen an den Grenzübergängen über mich ergehen. Und nun konnte man plötzlich wieder an der Ecke Bornholmer/Wisbyer Straße – wo ich als Steppke beim Tierhändler Blum die Wasserflöhe fürs Aquarium geholt hatte – einfach abbiegen und Richtung Wedding fahren. Die Mauer war weg! Merkwürdig war auch: Erst nachdem Ostberlin nicht mehr eingezäunt war, wurde mir der Zustand der Gründerzeithäuser zwischen Schönhauser und Prenzlauer Allee richtig bewusst. Zwar waren sie zu DDR-Zeiten nicht weniger ruinös gewesen als jetzt, aber wir aus dem Westen hatten die DDR eben doch als ein fremdes Land betrachtet, trotz des „Brüder und Schwestern"-Geredes: Die DDR gehörte zum Ostblock, und in Prag oder Budapest regten wir uns ja auch nicht über die kaputten Stadtbezirke auf. Natürlich hatten sie den Vorzeige-Hradschin und den Burgberg in Buda wunderbar renoviert. Wenn du aber in Prag oder Pest die Wohnbezirke im Zentrum besuchtest, sah es dort genauso desolat aus wie in Prenzlauer Berg.

Wo die Bornholmer/Wisbyer Straße die Schönhauser Allee kreuzt, endete auch in DDR-Zeiten die völlige Verwahrlosung, weil hier Pankow anfängt, und Niederschönhausen ist ein Teil davon. Ich bin nicht weit vom Schloss Schönhausen aufgewachsen, sein Park lag nur fünfhundert Meter von unserer Wohnung in der Bismarckstraße entfernt, meine Mutter ging immer mit mir hin, und so etwas prägt. Das Schloss war das erste alte Gebäude, das mich beeindruckte. Möglicherweise habe ich dreissig Jahre später nur deshalb das Herrenhaus in Niederflorstadt gekauft, weil es dem Schloss Schönhausen auf so frappante Weise ähnelt. Dieses barocke Gutshaus aus kurfürstlicher Zeit hat eine bewegte Geschichte. Nach der Thronbesteigung und relativ harmonischen kronprinzlichen Jahren in Rheinsberg wies Friedrich der Große das Schloss seiner Ehefrau Elisabeth Christine zu. Schon als kleiner Junge wusste ich, dass die Königin nicht bei ihrem Mann in Sanssouci wohnen durfte.

Und ein Hügel im Park hatte es mir besonders angetan. Hier – so ging die Legende – habe der alte Fritz ein Lieblingspferd begraben lassen. Da kam mir die kindlich tiefe Einsicht, dass der König sein Pferd mehr geliebt haben musste als seine Frau und ihr das auch zeigen wollte. Keine Ahnung, ob die Sache mit dem Pferdegrab stimmt, aber es würde zur eiskalten Menschenfeindlichkeit des Tierfreundes Friedrich passen. Beim ersten Zusammentreffen mit seiner Gemahlin nach dem Siebenjährigen Krieg sagte er zu ihr nur den einen Satz: „Madame sind korpulenter geworden." Und vor seinen Höflingen titulierte er sie manchmal mit „ma vielle vache".

Während der Nazizeit richtete Joseph Goebbels im Schloss Schönhausen die Reichskunstkammer ein und veranstaltete Ausstellungen regimekonformer Künstler, die Werke der „Entarteten" hingegen wurden am selben Ort magaziniert und ins Ausland verkauft. Nach der Einnahme von Berlin besetzten die Sowjets das Herrenhaus und brannten im Park ein bombastisches Siegesfeuerwerk ab. Wir beobachteten das Spektakel vom Balkon aus, ich war begeistert, die Erwachsenen hatten, glaube ich, nur Schiss vor den Russen. Jetzt regierte hier die Kommandantur, die sich bald „Sowjetische Militäradministration in Deutschland" nannte. Die neuen Herren beschlagnahmten auch die Villen und Häuser in der Nähe und sperrten die Kronprinzen- und Viktoriastraße mit einem Schlagbaum ab. Das war gleich bei uns um die Ecke. Später, als die Russen ihre Hochkommission nach Karlshorst verlegten, rückten die Gründungsväter der DDR nach und zogen in das abgesperrte Viertel, das im Volksmund nur noch das „Städtchen" hieß. Präsident Wilhelm Pieck residierte nun im Schloss Schönhausen als Amtssitz und bewohnte das Haus nebenan, so wie auch Ministerpräsident Otto Grotewohl. Der alte Kokser und Kultusminister Johannes R. Becher – Dichter der Staatshymne „Auferstanden aus Ruinen“ – bezog eine prächtige Villa mit Marmorvenus im Park, sehr zum Missvergnügen der anderen Genossen. Rudolf Ditzen alias Hans Fallada schrieb in diesem privilegierten Quartier seinen letzten Roman „Jeder stirbt für sich allein“, und Arnold Zweig wohnte auch dort. Ihm hatte ich 1968 als Melzer-Lektor nach Niederschönhausen geschrieben, weil ich seinen alten Spinoza-Essay „Porträt eines freien Geistes“ veröffentlichen wollte. Der Neudruck erschien kurz vor seinem Tod im Melzer Verlag. Zu dieser Zeit waren die „Repräsentanten der führenden Klasse“ schon ins Hochsicherheitsdorf Wandlitz umgezogen, das Schloss diente als „Gästehaus der DDR“, und die angrenzenden Straßen hießen jetzt Ossietzkystraße oder Majakowskiring.

Die meisten Bonzen hatten in Niederschönhausen nicht in Villen, sondern in ziemlich bescheidenen Häusern gelebt. Später drehten sie durch, der eklige Stasi-Mielke mit seinen Foltergefängnissen und dem Fußballwahn, und Honecker mit dem Saarländer Spießerhut führte sich auf wie Göring, der Staatsratsvorsitzende übernahm das Forsthaus des Reichsmarschalls in der Schorfheide. Als Ende April 1945 die Rote Armee anrückte, hatte Göring seinen gigantomanischen „Waldhof Carinhall“ mit siebenhundert Zentnern Sprengstoff in die Luft jagen lassen, nur das Haus seines Oberforstmeisters konnte nicht mehr zerstört werden, weil bereits russische Reitertrupps auftauchten. Walter Ulbricht benutzte dieses Forsthaus zunächst als Datscha, später wurde der Bau erweitert und ein

Schwimmbad eingerichtet. Das Haus diente Ulbricht als Residenz, bis er 1973 starb, danach übernahm Staatschef Honecker das Anwesen. Er traf sich dort 1981 im Kaminzimmer unter vier Augen mit Bundeskanzler Helmut Schmidt, aber Honekker zog sich hier auch Pornofilme rein. Vor allem tat er es als Waidmann dem obersten Jagdherrn des Deutschen Reiches nach. Honecker besaß mehrere luxuriöse Jagdwagen, darunter auch einen Range Rover. Der wurde bei einem Westberliner Händler für siebzigtausend Westmark gekauft, zersägt und in ein um fünfzig Zentimeter verlängertes Landaulet-Kabrio mit elektrischem Verdeck umgebaut. Das Fahrzeug war mit allen Schikanen versehen, darunter Stützen für die Bärenjagd, obwohl man in der Schorfheide nur Meister Lampe eins aufs Fell brennen kann. Gänzlich unwaidmännisch jedoch waren die Halogen-Suchscheinwerfer, sie stammten aus Bundeswehrbeständen und waren somit auch ein „Verrat am Sozialismus". Kostenpunkt des Umbaus summa summarum dreihunderttausend DDR-Mark.

Nun spazierten Barbara und ich also durch Niederschönhausen und natürlich führte uns der Weg als erstes zum Schloss. Vor dem Schilderhäuschen am Eingang zum Park stand ein Polizist in Westberliner Uniform. Mehr aus Höflichkeit fragte ich ihn: „Kann man das Schloss jetzt besichtigen?" Er antwortete formell, aber nicht unfreundlich: „Sie können durchgehen, wenn Sie möchten." „Und warum stehen Sie hier?" „Aus alter Gewohnheit", meinte er ungerührt. Der Mann war vor ein paar Monaten noch Vopo gewesen und bewachte jetzt etwas, was nicht mehr bewacht werden musste. Wir umrundeten das Schloss, die Tür war offen, an der Klinke baumelte ein Schild:

„Betreten der Baustelle verboten! Eltern haften für ihre Kinder." Ein paar Handwerker liefen unkoordiniert herum und taten so, als kümmerten sie sich nicht um uns. Doch ich bin sicher, wenn wir das Gebäude betreten hätten, wären sie munter geworden, also ließen wir es und spazierten anschließend durch die Nebenstraßen. „Guck, hier war die Kneipe von Muckchen, die Schieberkneipe", sagte ich zu Barbara, und ein paar Schritte weiter: „Dort hat Fallada gewohnt ... und da Arnold Zweig ..." Die Häuser von Pieck, Becher und Zweig zierten große Hausnummern aus Messing, die seltsamerweise geputzt waren und in der Sonne glänzten.

Dann gingen wir ein Stück die Grabbeallee entlang bis zum Kurt-Fischer-Platz, der früher Bismarckplatz und jetzt Pastor-Niemöller-Platz heißt. Hier steht der Wohnblock, in dem ich aufgewachsen bin. „Sieh mal, dort war die Praxis von unserem Doktor Kupke", erklärte ich Barbara, „und gleich um die Ecke Eingang 36 a haben wir gewohnt, früher hieß das hier Bismarckstraße." Es sah alles noch so aus wie bei den Besuchen in den letzten dreißig Jahren. Nur hinten am Kurt-Fischer-Platz, wo einst die Eltern von Kalle Backs ihre Kneipe Sturmeck hatten, war ein Friseurpärchen eingezogen und hatte mit ihrer schwarzen Ostmark blitzschnell einen neuen Salon aufgemacht. Zwischen den ewig nicht renovierten Gründerzeithäusern leuchtete die frischgestrichene Fassade mit den popfarbenen Neonröhren grell hervor.

„Warte mal!", direkt vor mir auf dem Bürgersteig blinkte ein Fünfmarkstück, ein schöner westdeutscher Heiermann. Ich wollte ihn gerade aufheben, da kam ein Mann auf mich zu, der kriegte Stielaugen, weil ich mich nach der Münze bückte. Ich war aber näher dran. Kurz überlegte ich: Mensch, der glotzt so, hat er die fünf Mark vielleicht verloren? Quatsch, natürlich nicht. Es war nur ein kurzer Impuls: Na dann gib sie ihm doch, wenn er so danach giert. Man war es doch als Westler gewöhnt, den Ostlern immer etwas zu schenken, Kaffee, Zigaretten und so, wenn man sie besuchte. Der nächste Gedanke war: Bin ich verrückt? Ich habe die Münze gefunden, warum sollte ich sie ihm geben? Und mitten hinein in dieses Synapsengeklicker sagte Barbara auch noch fröhlich: „Siehst du, das Geld liegt auf der Straße!" Darauf kam keine schnelle Parade, der berüchtigte Berliner Mutterwitz war dem Mann wohl eingetrocknet, er starrte uns nur hasserfüllt an. Man konnte es förmlich in seinem Hirn ticken hören: Jetzt kommen die aus dem Westen – den Ausdruck Wessi oder Ossi gab es noch nicht – und nehmen uns alles weg, sogar das Geld, das auf der Straße liegt!

Dies war ein erstes Anzeichen, dass hier Verbitterung als Lebensgefühl grassiert. Wir umrundeten den Block und gingen in den Innenhof mit dem Kastanienbaum, wo ich im Sandkasten gespielt hatte. „Da oben", ich deutete aufs dritte Stockwerk, „ist unser Balkon. Daneben wohnten die Rinklefs und die Sommerfelds, unten die von Stettens ...!" Hinter den Fensterscheiben zeigten sich feindliche Augenpaare. Vielleicht dachten sie, wir seien Westspekulanten, die ihnen die Wohnung unterm Arsch wegziehen wollen. Du meinst, mit dem grauen Selbach-Mantel und dem Borsalino sah ich aus wie ein Mafioso? Wie der Frankfurter Immobilienhai und jetzige Aufbau-Verleger Bernd Lunkewitz, nur ohne Samtkragen? Ach was! Diese Bewohner haben doch Mieterschutz bis in alle Ewigkeit! Nee, nee, die Leute glotzten einfach giftig aus reinem Westlerhass. Das war unangenehm, und wir entfernten uns schnell aus diesem Hinterhof.

Noch wollten wir uns die gute Besichtigungslaune nicht vermiesen lassen. Gegenüber, Bismarckstraße 10, hatte ich später mit meiner Mutter und Onkel Siegfried gewohnt. Als wir uns das Klingelbrett ansahen, war ich verblüfft, tatsächlich stand da: „Werner Kriehn“. Mit dem hatte ich als Junge gespielt, das war mein Freund gewesen. Gerade wollte ich klingeln, da glotzte auch hier ein wütender Kerl hinter der Gardine hervor, das war bestimmt mein Jugendfreund Werner. Ich war bedient und ließ das Klingeln sein. Barbara zupfte mich am Ärmel: „Komm, lass uns abhauen, die tun alle so, als wollten wir ihnen was stehlen. Nee, da fühle ich mich nicht wohl! Ich glaube auch nicht, dass ich mit solchen Nachbarn leben möchte.“ Damit war das Thema Umzug nach Berlin erst mal vom Tisch.

ZU DEUTSCH!

Bayram Karamollaoglu

Alle sage: „Kreuzberg sehr türkisch", „Kreuzberg nix Deutsch", „Klein-Istanbul". Auch ich geglaubt das. Kollege in Türkiye, Kollege von Import-Export-Firma, hat er zu mir gesagt: „Kreuzberg ist wie anatolisch Dorf, nur deutsche Staat zahle Kindergeld. Ich mach dich Kreuzberg!" Ich sofort rufe zu Ayse und Zeynep und Safiye und Hafize: „Alle Kinder einpacke, nix vergesse, in Kreuzberg wir braucht alle! Nur Fatma sofort verkaufe, brauche Geld für Otobüs!"

Wir also mache Hochzeit und dann mache Kreuzberg. Aber, mina koyyum, was das? Haben Deutsche Krieg oder was gemacht und alles kaputt, nix sauber, kar nix. Toiletten? Draussen, ohne Wasser (Afedersin, tschuldigung aber: Deutsche nix wasche). Bad? Nix kennen. Auberginen, Zucchini, Hammelbraten? Nix verstehn. Nur Steckrüben und Schweinereien im Schweinedarm.

Haben Vettern gesagt: „Oglum, steckt Rüben selber!" Haben gesagt: „Ömer mache Gemüse, Osman mache Döner Kebap, Ali mache Haschisch, alle mache sauber."

Und was mache Deutsche? Serifsizler, immer doch da, immer noch keine Ehre und Haare an Achseln und Hund an Hand und stinke und spreche komik Sprak und könne kein Wort Türkisch und mache Problem.

Vor Haus, wo meine Familie lebt, ist Kneipe „Zum Zapfhahn“. Weißt du, ich liberal, trinke Bier und alles. Aber in dieser Kneipe kar nie Kollegen. Deutsch Bier, deutsch Trinker, deutsch Müzik, deutsch Frauen, deutsch Stimmung. Verstehen, was das: deutsch Stimmung? Hilfe, Allahim, yarabbim! Wenn ich da rein und sagen: „Selamünaleyküm“, sie sage was? Nix, wenn Glück.

Wenn ich sage zu deutsch Frau: „Guten Tag, Frau Monika“, sie kucke weg. Oder sagt: „Hau ab!“ Weißt du, Aleman Frauen nix spreche mit Türke. In Kreuzberg gibt Spezial-Aleman-Frau, Öko-Frau. Die manchmal rede. Ich sag: „Boncuk gözlüm, deine Augen strahlt wie Himmel blau“. Sie sagt: „In Türkei viel Folter.“ Ich sag: „Alles vergesse, wenn ich seh deine schöne Augen.“ Sie sagt: „Schlimm, viel Folter.“ Undsoweiter, undsoweiter, ganse Tag, immer nur labern, labern, nix ficke.

Aufpasse: Was soll dieser Name? Berg? Gut. Aber wir Muslim, nix Kreuz, besser Arafatberg oder Araratberg. Wenn wir wolle beten, müssen in Hof hinten – tövbe, tövbe, estagfirullah. Kuckst du, gans Kreuzberg voll mit deutsch Polizei. Und wir musst sage: „Guten Tag, Herr Polizei, alles klar, Herr Polizei, auf Wiedersehen, Herr Polizei!“ Was sucht hier deutsch Polizei? Wenn türkisch Polizei mache Ordnung in kurdisch Dorf, alles sage: „Menscherecht, Menscherecht!“ Aber wir nix Menscherecht oder was? Ehrlich: Sind wir hier in Türkiye oder nicht?

Einmal ich gehe zu Muhtar von Kreuzberg, zu – wie heißt? – Regierung. Was ich sehe? Maximum zwei Kollege, anderen alle Deutsch! Auch auf Sosyalamt und Finansamt und alle Amt. Sogar auf Ausländeramt: nix Ausländer, alle Deutsch.

Und wenn sie sehe Türken, dann Deutsche glaube, sie Meister, wir Kanake. Warum Uno und Nato und Avrupa nix sage? Warum, lan?

Ich deutsch Nachbar, alter Mann. Wir immer Respekt für Alte. Aber dieser Alte mache ganse Tag nix, keine Besuche, kein bisschen setz sich, komme nie zu Tee, immer warte. Wie alter Schakal. Warte, dass Kinder spiele oder wir tanse und singe. Weißt du, ist Kind, müsse spiele, anliyor musun, ist Mensch, müsse tanse, müsse singe, zusammen lache und weine. Aber Deutsche nix verstehn. Brülle: „Ordnung! Ordnung! Hausordnung! Dit is Deutschland!" Mann ist Opfer, ist voll tot. Nur nix wisse. Mache uns auch tot.

Dann komme Ossis. Ich mein: Was suche hier? Wer Ossis hat reinlassen? Müsse jeder bleibe, wo er ist, sonst nur Problem. Jetzt kar nix Arbeit, nix Arbeit mit Papier, nix Arbeit privat, nur Problem. Wir müsse weg hier. Ayse und Zeynep und Safiye und Hafize und Kinder, hört ihr, müsse weg! Hört ihr? Alo?

INVALIDENSTRASSE

Knud Kohr

Steinewerfen ist eine ziemlich öde Beschäftigung. Man greift einen Brocken vom Boden, schleudert ihn weg, und nach ein paar Metern landet er wieder. Wenn man Pech hat, liegt er hinter einer kaputten Fensterscheibe, dann bekommt man Ärger mit dem Hausbesitzer. Oder ein zufällig vorbei laufendes Sondereinsatzkommando der Polizei missversteht die ganze Sache – dann wird man festgenommen und steht bald wegen Landfriedensbruchs vor Gericht.

Interessanter wären da schon Steine, die man nicht an einen Ort, sondern in die Vergangenheit zurückwerfen könnte.

Dieser Gedanke kam mir neulich, als ich durch die Häuserschluchten des Potsdamer Platzes in Berlin schlenderte. Dort bin ich immer ein bisschen verwirrt. Mir geht es wie dem alten Mann in Wim Wenders´ Film „Der Himmel über Berlin", der über die Einöde vor der Mauer stolpert und fragt: „Hier war doch mal das Zentrum von Berlin! Wo ist das alles geblieben?" Aber umgekehrt. Denn ich schaue die Fassaden hinauf und denke: „Hier war doch mal der Hund begraben! Wo kommt das alles her?"

Natürlich haben Sie keine Ahnung, wovon ich rede. Also greife ich mir einen dieser interessanten Steine vom Boden. Nehme Anlauf. Werfe.

Der Stein fliegt in hohem Bogen in der Zeit zurück …

Als seine Flugbahn sich wieder nach unten krümmt, segelt er über eine hässliche Brache im Herbst 1988. Nur wenige Häuser stehen darauf herum. Eines nennt sich „Bellevue Tower" – eine stufenförmig gebaute Hässlichkeit in grau und blau, zu einem Viertel Jugendhotel, zu drei Vierteln Studentenwohnheim und im Ganzen wohl schon bei der Planung als Abschreibungsobjekt gedacht. Der Stein klatscht zu Boden, rollt noch ein paar Meter und kommt zum Stillstand, als er gegen die Außenwand des Bellevue Towers klackt. Im fünften Stock, mit Blick auf die Mauer, liegt ein Appartement, in dem gerade ein 22jähriger nicht weiß, was er mit dem Tag anfangen soll. Dieser 22jährige bin ich. Und besser als jetzt wird der Tag nicht mehr werden.

Vor ein paar Tagen ist das sechste Semester zu Ende gegangen. Alle Prüfungen sind erledigt, die meisten Freunde im Urlaub, und zum Streber, der sich auf den Stoff kommender Seminare vorbereitet, fehlt mir jegliches Talent. Also mache ich das, was ich seit dem Studienbeginn immer in leeren Zeiten mache: eine volle Flasche kaufen. Seit einiger Zeit spüre ich die abendlichen Saufereien auch am Tag. Den typischen Kater, doch auch andere Symptome schleichen sich ein: Kleine, schmerzhafte Verkrampfungen unter dem linken Arm, Prikkeln in den Fingern der linken Hand – Indizien, die der Laie für Anzeichen eines beginnenden Herzinfarkts hält. Ein paar Mal habe ich deswegen schon EKGs machen lassen. Nichts zu finden.

Will man im Herbst 1988 seine volle Flasche billig einkaufen, sind die Kioske im Untergeschoss der S-Bahnstation Friedrichstraße die beste Adresse. Der Bahnhof liegt im Ostteil der Stadt. Irgendwelche Alliiertenverträge zwingen die DDR, S- und U-Bahnen ihr Hoheitsgebiet unterqueren zu lassen. Die S1 von Wannsee nach Frohnau beispielsweise führt unter der Friedrichstraße hindurch. Wer nicht einreist, kann an den Kiosken für Westgeld Ostalkoholika einkaufen: Nordhäuser Doppelkorn, Krimsekt, armenischen Ararat-Weinbrand. Kein Wunder, dass die S1 auf der Hinfahrt zur Friedrichstraße immer einen gewissen Anteil nervös zitternder Menschen befördert, die auf der Fahrt weg von der Friedrichstraße ziemlich seltsam riechen.

An dem Tag, als der Stein aus der Zukunft geflogen kommt, beschließe ich gegen 16 Uhr, ein paar Gläser mehr als gewöhnlich zu trinken und ein bisschen früher als sonst damit zu beginnen. Die nächste Möglichkeit, in die S1 zu kommen, ist am Anhalter Bahnhof. Zehn Minuten Fußweg später bin ich da. Eine Fahrt mit den Zügen, die unter Ostberlin hindurch fahren, heißt im Volksmund „Geisterbahn". Nicht zu unrecht: Die Bahnhöfe unterwegs sind alle zugemauert. Bei den Durchfahrten flackert grünes Notlicht, und manchmal starrt ein missgünstiger Volksarmist von außen in den Zug. Anhalter Bahnhof, Durchfahrt Potsdamer Platz, Durchfahrt Unter den Linden, Friedrichstraße. Sieben Minuten. Das ist der Weg zum billigen armenischen Schnaps. Hundert Mal schwarzgefahren, weil Kontrollen unter Ostberlin selten sind. Welcher Kontrolleur lässt sich schon auf siebenminütige Debatten in einem Waggon voller Besoffener ein, im Keller des Warschauer Pakts? Doch diesmal ist es anders. Zwischen Potsdamer Platz und Unter den Linden bekomme ich eine Panikattacke. Ein Schrekken, als ob ich in der Nacht aus einem Alptraum hochfahren würde. Nur dass dieser Moment einfach nicht mehr aufhört. Es sind nicht die Schmerzen unter der Achsel und im Arm, es ist auch nicht das rhythmische Pochen im Kopf – kenne ich alles schon. Doch diesmal bin ich mir sicher, dass ich in den nächsten Sekunden sterben muss.

Ich suche nach Hilfe. Der Wagen ist fast leer. Auf der gegenüberliegenden Bank sitzt ein junges Paar. Die beiden merken gerade, dass mit ihrem Mitfahrer etwas nicht stimmt. Da es noch kein U-Bahn-Fernsehen gibt, in das sie sich vertiefen könnten, beginnen sie zu knutschen. Doch das kann mich nicht stoppen. „Ich habe keine Drogen genommen, und ich bin nicht verrückt", keuche ich sie an. „Aber ich kriege einen Herzinfarkt. Helft ihr mir an der Friedrichstraße raus?"

Sogar in meinem Zustand kann ich sehen, dass sie keine Lust dazu haben. Doch als der Zug in den Bahnhof einfährt, stehen sie auf und nehmen mich in die Mitte. Vermutlich scheint es ihnen einfacher, einen Kranken an der Friedrichstraße aus dem Zug zu schieben, statt mit einer frischen Leiche bis Humboldthain – dem nächsten Bahnhof auf Westseite – weiter zu fahren. Sie brauchen nicht lange zu schieben. Wenige Meter von der Tür entfernt steht ein Bahnangestellter der DDR.

Der Mann hört sich mein Stammeln vom nahenden Tod mit diesem herablassenden Blick an, den Ost-Offizielle gern aufsetzen, wenn sie sich einem Bananenfresser überlegen fühlen. „Dann kommen Sie mal mit!" Er bringt mich in den Gang, den jeden Tag Tausende von Westberlinern beim Umsteigen entlang hasten. Neben einer Holzplatte mit abgeblätterten Werbeplakaten bleibt er stehen und klopft an einer kaum sichtbaren, da gut verfugten Tür. Sie öffnet sich; eine mürrische Krankenschwester erscheint, und einen Schritt später bin ich in einem Krankenzimmer auf dem Gebiet der Deutschen Demokratischen Republik.

Der diensthabende Arzt fühlt sich gestört. Er liest nämlich gerade Zeitung. Nachdem er mich kurz abgehorcht und den Puls gefühlt hat, trifft mich schon wieder so ein herablassender Blick. „Rauchen Sie?“ „Vielleicht fünf Stück am Tag.“ „Psychiatrieerfahrung?“ „Ja.“ In seinen Blick gesellt sich ein neuer Ausdruck, der ungefähr zu sagen scheint: „Westler und auch noch bescheuert. Na, schönen Dank!“. Er sagt immerhin: „Ich kann nichts erkennen. Wir bringen Sie aber zur Sicherheit in die Charité.“ Zwei Polizisten verfrachten mich in einen Dienstwagen vor der Tür und geben mich nach kurzer Fahrt im Untergeschoss der Klinik ab.

Auf dem Gang der Charité wartet der statistische Durchschnitt aller Patienten in den Notaufnahmen dieser Welt: Ein paar leichte Verkehrsunfälle, ein paar schwer Gestürzte, ein paar Opfer häuslicher Gewalt, die ein oder andere Schnittwunde. Als sich alle Köpfe in meine Richtung drehen – Westklamotten, keine sichtbare Verletzung – fällt mir ein, dass ich bisher erst einmal zuvor in Ostberlin gewesen bin. Bücher kaufen, Letscho essen. Was man als Student eben so macht. Ich grüße vorsichtig in die Runde und vergesse kurz, dass ich in wenigen Minuten sterben werde. Wenig später kommt ein Arzt. Die anderen murren, da er mich als Nächsten mitnimmt.

Auch er kann nichts finden. Allerdings er lässt mir von einer Krankenschwester fünfzig Tropfen Beruhigungsmittel einflößen. Dann führt er mich zu einem kleinen Raum am

Ende des Flurs. „Setzen Sie sich auf die Pritsche und warten Sie". Zum ersten Mal seit zwei Stunden bin ich allein. Sitze in einem leeren, kahlen Raum mit briefbogengroßem Fenster auf einer abnutzten Liege. Draußen wird es dunkel. Mir wird mulmig, obwohl das Mittel langsam zu wirken beginnt. Ich bin nicht offiziell eingereist, habe kein Tagesvisum. Niemand weiß, wo ich bin. Es ist Herbst 1988. Dies ist nicht die Kino-Nostalgie-DDR der Jahrtausendwende, in der Volkspolizisten von Detlef Buck gespielt werden und junge Menschen in Plastikklamotten herzige Liebesgeschichten erleben. Dies ist eine funktionierende Ein-Parteien-Diktatur. Und ich mittendrin. Ohne Buch. Ohne Letscho.

„Watt sitzense denn hier im Dunkeln?" Nach einer circa fünf Stunden währenden halben Stunde wird die Tür aufgerissen. Ein kräftiger Krankenpfleger betritt das Zimmer. Neonlicht flammt auf. Unter dem Einfluss der Tropfen sind mir die drei Meter zum Lichtschalter zu weit gewesen. „Wird's denn gehen?" Der Mann hakt sich bei mir unter und drückt mir eine Krankenakte in die Hand. „Ich bringse mal eben rüber." Vor der Notaufnahme steht ein Krankenwagen. Der Pfleger führt mich hinein und verriegelt die Tür. Mulmig ist mir nicht mehr. Ich zähle die Straßenlaternen, an denen der Wagen vorbeifährt, und finde das viel interessanter als Todesangst.

Am Grenzübergang Invalidenstraße hält der Wagen an. Die Tür wird geöffnet. Neben dem Pfleger steht ein Grenzsoldat. Als ich mich zu den Männern stelle, sehe ich, dass wir uns an einem Grenzübergang befinden. Der Mauerring hat hier ein Loch, das abgesichert ist durch eine Vielzahl von Panzersperren und beweglichen Barrikaden. Hier und da sieht man

Soldaten mit schussbereiten Gewehren. Alles ist beleuchtet von starken Strahlern, die auf Lichtmasten gepflanzt sind. Zwischen den Mauerringen verläuft ein Asphaltband in den Westen. Wie es auf der anderen Seite aussieht, kann ich von hier aus – und in meinem Zustand – nicht erkennen. Der Grenzer zeigt auf ein Betonhäuschen auf dem Asphaltband, auf halber Strecke des Streifens. „Da gehen Sie hin und klopfen. Sie werden abgeholt." Ich starre ihn an. Hat er gerade gesagt, dass ich einfach so aus der DDR rausmarschieren soll? Durch den Todesstreifen? Will er mich vielleicht auf der Flucht erschiessen? Ich überlege, ob ich wieder eine Panikattacke bekommen soll. Doch ich habe keine Alternative: Der Pfleger ist schon wieder im Wagen, der Grenzer schaut starr geradeaus. Also winke ich dankend ins Leere und gehe auf das Häuschen zu. Niemand hält mich an, niemand spannt in meinem Rücken einen Gewehrhahn, bis ich den Betonverschlag erreiche.

Klopfen ist überflüssig. Ein weiterer Grenzer empfängt mich an der Tür. Zeigt auf einen Stuhl, indem er sein Kinn leicht anhebt. Dann setzt er sich mir gegenüber an einen Tisch. Raucht eine Zigarette. Tippt mit den Fingern auf die Tischplatte. Schaut wortlos aus dem Fenster. Sieht mich schweigend an. Eine Viertelstunde vergeht. Dann klingelt das Telefon. Er hebt ab, sagt: „Ja", legt auf und öffnet die Tür des Häuschens. Am westlichen Mauerring tauchen Scheinwerfer in der Dunkelheit auf. Grenzer schieben eine Barrikade beiseite. Ein Krankenwagen aus West-Berlin rollt heran. „Mann, Mann, Sie machen Sachen!", sagt der Fahrer, als er die Tür öffnet.

In der Notaufnahme des Krankenhauses Moabit ist das Publikum ähnlich wie in der Charité. Da die Uhr mittlerweile

21 Uhr zeigt, liegen zusätzlich die ersten Schnapsleichen auf Liegen herum, schnarchen oder lallen. Es stört mich nicht, dass sie stinken. Denn sie stinken und lallen westdeutsch. Der Arzt sieht gestresst aus, als er meine Krankenakte durchblättert. Er hat frische Flecken auf seinem Kittel. Westdeutsche Flecken. Mittlerweile bin ich überzeugt, heute nicht sterben zu müssen. „Und was soll ich jetzt machen, Ihrer Meinung nach?“, fragt der Arzt. „Ich geh einfach nach Hause“, schlage ich vor. „Wenn Sie vielleicht noch etwas Beruhigungsmittel hätten? Nur so zur Sicherheit.“ Er lacht freudlos, als er eine Krankenschwester anweist, mir fünfzig Tropfen abzuzählen. „Nach meiner Ansicht gehören Sie nicht auf die Notaufnahme, sondern in die Psychiatrie.“

Eine knappe Stunde später, als ich mit leichter Schlagseite einen Stein gegen die Eingangstreppe des Bellevue Towers kikke, kann ich darüber schon lachen. Der Arzt wird Recht behalten. Aber nicht heute. Sondern erst, wenn auf dem Potsdamer Platz Baugruben ausgehoben werden. Das Grenzerhäuschen auf der Invalidenstraße schon längst abgerissen ist. Und der armenische Weinbrand für teures Geld im KaDeWe steht.

BONN / BERLIN

Jürgen Kiontke

Die Hauptstadt kommt immer zu mir.

Wie könnte ich mir die Welt anders vorstellen als dort zu wohnen? Als ich geboren wurde, hatte mein Heimatort einen intakten Haushalt. Dann wurde er in Bonn eingemeindet und existierte nurmehr als Hardthöhe, dem Sitz des Kriegsministeriums.

Überall waren die Dinge, die es nur in Hauptstädten gibt: Reichstag, Führerhauptquartier, Langer Eugen. Oma hatte noch im Ministerium geputzt. Mein Stiefpapa war Staatsbediensteter und alle anderen Väter in der Straße auch.

Für sie alle war die Hauptstadt ein Glücksfall gewesen – jetzt nicht mehr Maurer, Zimmermann oder Dachdecker, sondern Hausmeister, Bote, Aktensortierer sein zu dürfen. Es hieß zwar: Karl, du sollst es mal besser haben, und ich wurde auf das Gymnasium geschickt. doch einen eigenen Kopf sollte ich deswegen noch lange nicht haben. Folglich bewarb ich mich beim Bundeskriminalamt.

Da wurde aber nichts draus, und als man mich im Uni-Sekretariat fragte: „Nebenfach?“, da sagte ich: „Politische Wissenschaften“. Wer weiß, wofür es gut sein konnte.

Dieses Fach ließ einen wenigstens die Leute kennen lernen, die einen Professorentitel hatten, trotzdem mit leuchtendem

Gesicht erzählten: „Heute Mittag war ich beim Kanzler essen." „Politische Wissenschaften – Staatskunde oder Herrschaftswissenschaft?" lauteten die Themen der Vorlesungen. Das gab einem Orientierung.

Es war der Nachbar schuld, dass ich sie alle betreten durfte: Er hatte mir den Ferienjob als Wasseruhrenableser vermittelt. Ich lernte sie alle kennen, wenn auch nur von unten: den Reichstag wie das Führerhauptquartier, von denen mir die Pförtner mitteilten, sie hätten auch einen Hintereingang, den ich gefälligst zu benutzen hätte, und außerdem hieße es heutzutage Bundestag und Kanzleramt – das hatten sie sich bei den anderen Ländern abgeschaut.

Nein, ich hätte mir nicht vorstellen können, etwas Anständiges mit dem Studium anzustellen, außer Wasseruhren ablesen und dem Professor Gläser in die wasserglänzenden Augen zu schauen, wenn er mal wieder beim Reichskanzler zu Mittag Wein gesoffen hatte. Und die Hauptstadt machte mir nicht nur mit den Wasseruhren Beine, immerzu war sie hinter mir her. Ich flog aus Jobs und Wohnungen, bis ich dachte: Jetzt machst du dein Examen mit Eins plus. Da flog ich aus dem nächsten Job, weil man den nur als Student machen konnte, und ich flog aus der nächsten Wohnung, weil das Gesetz gesagt hatte, ich dürfe dort nur bleiben, bis ich das Examen hätte. Dann wurde abgerissen.

Ja, so war das rauhe Hauptstadtleben – wie ein Springen von Eisscholle zu Eisscholle in einem Fluss ohne Ufer. In diesem Fall der Rhein.

Um etwas Anständiges aus mir zu machen, brauchte es Wege und vor allem: Umwege. Meine politische Karriere startete ich in der „LUST", der Liste undogmatischer StudentInnen, die mich zur ErstemesterInnenberatung einteilte. Tagsüber Agitation, nachtsüber Plakate der Jungen Union zerfetzen.

Dann erst zog ich fort, nach Berlin, weit weg, wie ich dachte, weg vom Hauptstadtrummel. Pustekuchen, dachte sich die Hauptstadt, verlud ihre Habseligkeiten, wie ich, auf einen alten Lastwagen und zog mir nach.

Da ich stolz auf meine Untergrund-Vergangenheit verweisen konnte, teilten mich die Redakteure einer kleinen linken Tageszeitung gleich zum Artikelschreiben ein. Auch in Berlin rumorte es im Kanal: Wollte man in Bonn jahrelang einen Reuter-Tunnel buddeln, fielen mir hier sogleich Flugblätter zum geplanten Tiergartentunnel in die Hände. So lernte ich als Journalist die halbe Stadt kennen – leider nur die untere Hälfte. Ich versuchte mich als Filmkritiker, Klatschreporter, New-Economy-Arschloch. Nichts half, die Hauptstadt wollte mich haben. Eine radikaler Abschnitt im Leben ist selten verkehrt – er öffnet Türen. Wenn man das Unten nicht kennt, weiß man nicht, wo oben ist.

Ich kann sagen: Ich schätze es heute, wo ich es geschafft habe und in Amt und Würden (unbefristete Festanstellung) sitze, ungemein, alles mal gesehen zu haben – und weiß nun: Deutschland sieht überall wie Deutschland aus und das Bier wird aus Eimern gesoffen!

Ich könnte sonst auch das Gefühl nicht würdigen, das mich beschleicht, wenn mich morgens die Damen am Empfang nicht zum Hintereingang schicken – sondern mich freundlich mit meinem Namen grüßen und mir den Fahrstuhl holen, die haben da so einen Knopf für.

Neulich war mein ganzes Leben an einem Abend zusammengefasst, und das ging so: Erst mit den Arbeitslosen, Behinderten und Handwerkern vom SV Treptow 46 ein Kreisliga-Spiel gewonnen. Dann ab in den halblegalen Club Rosengarten im Weinbergspark in Mitte, den meine alten Freunde aus Hausbesetzerzeiten unterhalten. Dann zum Fest des Arbeitgeberverbandes im Fernsehturm-Café am Alexanderplatz mit Angela Merkel – in drei Stunden also von ganz unten bis ganz oben!

Noch eine Parallele zwischen Bonn und Berlin gibt es für mich: Früher saß ich in Bonn und litt unter Depressionen und wollte mich umbringen. Jetzt sitze ich in Berlin und habe Depressionen und will mich umbringen. So ist es, das Leben in der Hauptstadt: Man springt von Eisscholle zu Eisscholle in einem Fluss ohne Ufer. Diesmal heißt er Spree und ist eine Sie.

ZIMMER BERLIN

Jana Schmidt

Die Fenster sind weit offen. Sie gucken auf den Hof und jetzt spiegeln sie die Sonne. Meistens ist es dunkel. Ich weiß genau, wie es ist. Man hat es mir erklärt. Die haben früher die Häuser so gebaut. Den Hof viereckig, drumherum überall Wände, Haus, aber an den Ecken mussten ja auch noch Zimmer hin. Also haben sie das Zimmer nach hinten quasi ins Treppenhaus ausgebaut und an der letzten möglichen Ecke ein Fenster gemacht. Das ist das Berliner Zimmer. Deswegen diese langen nicht enden wollenden weißen Wände. Hohe Fenster, damit genug Licht in den Schuhkarton fällt. Und früher hatten die Leute keine richtigen Lampen.

Siehst du das Bild, siehst du mich am Schreibtisch sitzen, beim Schein einer Gaslampe über den medizinischen Büchern brütend? Sicher habe ich den Schreibtisch ans Fenster gerückt, aus Sparsamkeit. Die Fenster sind natürlich alt, weil es ein altes Jahr ist, alles älter ist, als es heute ist. Es zieht durch die Ritzen und meine Hände werden gelb vor Kälte.

Herbert, mein Mann. Kann man gleichzeitig verheiratet sein und studieren? Man kann. Die frühe Ehe ist hier in der Stadt nicht ungewöhnlich, wird sogar empfohlen, weil sie Prostitution und das Herumhuren verhindert. Ich werde niemals Ärztin werden, aber er ist doch stolz auf seine kleine Doktorin.

Herbert ist Kinderdoktor und kennt die Körper, die in meinen Büchern sind. Mit dem Finger fahre ich über die bunten Abbildungen und denke wie ordentlich alles aussieht. Ich werde niemals Ärztin sein.

In der Straßenbahn gibt es einen Waggon nur für Frauen und Kinder. Wegen der Frotteure. Lise nimmt die Fäuste vom Schoß und hämmert gegen die Scheiben. Der Schaffner soll kommen und ihre Karte kontrollieren, stempeln oder reißen. Es ist ja ganz egal, was der Schaffner mit der Karte macht, aber er soll doch bitte kommen und bemerken: wir haben unsere Karten. Wir besitzen eine Berechtigung, hier zu sein.

Ich bringe die Lise zur Oma und fahre wieder zurück. Von ihren Wangen sind drei große kugelrunde Tränen ganz schnell hintereinander gefallen, als ob sie die gespart hätte bis ausgerechnet zu dem Augenblick, in dem die Oma die Türe öffnet und grummelt. Lise mag ihre Oma nicht, weil Oma Elisabeth ihrer Schwiegertochter noch immer übel nimmt, dass sie den Herbert von zu Hause weggeholt hat. Ambitionen hat sie, schreit Oma Elisabeth, Ambitionen hat die Frau, Professorin will sie sein. Durch die Magazine kommt das, obwohl dort auch steht, wie schlecht es für die neuen Frauen ist, nicht mehr zu wissen, wie man einen Fleck aus dem Teppich kriegt, sondern bloß, wie man welche reinmacht. Rotwein und Kokain.

Wenn ich um zehn durch die Universitätsstraße renne und dann keuchend die Treppen hoch stolpere, nichts gegessen, es ist Frühling, ich bin zu fett, endlich den vollen Hörsaal erreiche und nur noch sitze, denke ich manchmal an Rotwein und Kokain. Oder besser Champagner. Das klingt dekadent, doch eigentlich denke ich so recht an gar nichts. Es hat keinen

Zweck aufzuschauen, ich verstehe ohnehin nichts. Die Tafel ist schon vollgekritzelt, der Herr Professor noch müde. Er hatte gestern eine lange Nacht im Theater ohne seine Frau. Seine Frau heißt Gisela und hat die Krätze.

Ich frage mich, warum er nicht in der Lage ist, seine eigene Frau zu behandeln. Möglicherweise ekelt es ihn, und er möchte nicht zu einem späteren intimen Zeitpunkt daran denken, wie er Salbe auf der verkrusteten Haut seiner Gattin verteilt hat.

Ich gehe in die Universität, um allein zu sein. Es hört sich vielleicht komisch an, doch ich liebe es, unter all den Menschen ganz allein zu sein. Dabei weiß ich über alle Bescheid, ich kenne jeden Namen und jedes Studienfach, ihre Beschäftigung und oft sogar die Gefühle. Obwohl generell die Gefühle nicht meine Sache sind, die hat jeder für sich.

Es ist, als stünde ich in der großen Bibliothek zwischen den Regalen. Ich atme leise Gesprächsfetzen wie Bücherstaub ein und bin so sicher, ich könnte ein Buch herausnehmen und es lesen. Dann wüsste ich, was darin steht, und ich könnte sagen, dieses Buch kenne ich so, wie ich Gisela, Frau Professor Stadler, kenne. Es ist ganz genauso leicht, einen Menschen zu kennen, weil sie alle aus den gleichen Seiten, dem gleichen Leinen und Kleber bestehen. Und wenn man die Menschen kennt, kennt man auch die Stadt. Darüber hinaus ist es unmöglich, etwas zu wissen.

Ich bin noch nicht sicher, ob man, wenn man die Stadt kennen will, jeden einzelnen Menschen gesehen und erkannt haben muss.

Es ist doch gut möglich, dass es ausreicht, einen – oder sagen wir: eine Hand voll zu kennen, um diese zu zerlegen, um die Elemente zu destillieren, die man dann bloß neu kombinieren muss, um sie alle zu kennen.

Schwiegermutter Elisabeth würde sagen, ich hab Ambitionen, doch so ist es nicht.

Ganz im Gegenteil, ich entferne mich ja immer weiter von mir und von den Einzelnen. Ich stelle mir die Leute als Buchrücken vor, die einen ganzen Packen Seiten zusammenhalten, auf denen unterschiedliche Sachen gedruckt sind, jedoch alle mit den selben Zeichen.

Im Mai war der Kaiser zu Besuch in Berlin, und die Straßen waren geschmückt wie die Kinder und die Pferde. In der Frühlingsluft stand ich neben Starbucks unter den Linden und dachte, wie komisch, wie unsagbar komisch, dass der Kaiser nicht weiß, dass er abgeschafft worden ist. Es steht sogar in den Büchern, warum und wann der Kaiser abdanken musste. Er hat sich bei seinen Untertanen bedankt, einen Bückling gemacht, und ist dann ab, wie im Theater.

Was der Kaiser nicht wissen kann, bewahren die Bücher. Sie sind menschlicher als die Menschen, denn sie vergessen nicht. Etwa meine Mutter, sie hält eine einzige Seite zusammen. Das ist ein Index, eine Art Lebensaufrechnung, bei der am Ende herauskommt, dass sie ihren Zeitgenossen immer einen Schritt voraus war.

Diese Erinnerung ist heute schon Vergangenheit wie mein altes Berlin. In mir ist das alte Berlin und meine Zeit, aber die Erinnerung an Berlin gehört mir natürlich nicht wirklich. Mit fünfzehn habe ich einmal den Kaiser gesehen. Das steht auf einem weit zurück liegenden Blatt, trotzdem steht es da. Ich habe ihn gesehen und er hat mir gnädig zugenickt und ich habe vor Freude geweint, weil ich noch nicht wusste, dass meine Tränen anachronistisch waren.

In dem Moment, als der Kaiser seine grauen Augen auf meine heftet, beginnt die Erinnerung zu zerlaufen. Sie läuft aus meinen Augen, die Wangen runter und fällt träge auf den Kiesweg im Tiergarten. Alles was bleibt, sind die Seiten danach, die das Original zitieren. Ein Labyrinth von Fehlzitaten und Leerstellen.

Sag uns, warum hast du denn damals die Lise und den Herbert verlassen? Ach Gott, ich konnte ja nicht mehr. Doppelbelastung ist ein Wort für etwas, was nicht existierte. Ich wollte doch Ärztin werden. Dann hatte ich mich in den Professor verliebt und ich habe die Schwiegermutter nicht mehr ausgehalten und die ewigen Nötigungen des Kinderdoktors.

So steht das alles irgendwo und in anderen Büchern steht noch viel mehr. Inge hat die Kleine und den Herbert im Stich gelassen, weil sie verrückt geworden ist. Sie wollte Wissenschaftlerin sein und unabhängig wie eine Filmschauspielerin. Ich glaube, die Mama hat den Papa nicht mehr lieb gehabt. Frau Meyerbach hatte Bedenken gegen die Terrorherrschaft der Nationalsozialisten, sie versuchte, eine Bücherverbrennung zu verhindern. Die Mama war verwirrt, sie hatte einen Nervenzusammenbruch und ist in die Anstalt gekommen, um wieder gesund zu werden.

Aber die Bücherverbrennungen waren doch viel später, möchte ich dazwischenschreien. Ihr könnt aus mir keine Wahnsinnige, keine Heldin machen. Ich bin daran verzweifelt, dass man keinen Menschen erinnern kann. Es bleibt von all den Menschen nichts oder doch etwas: ein Buchrücken. Ein Buchrücken, wie ich einer bin. Ich halte ein paar Seiten zusammen oder nichts, aber wenigstens halte ich die Zeit zusammen.

Man hat mich in mein altes Berliner Zimmer eingesperrt. Mit den hohen Wänden, speckig vor lauter Büchern, und es scheint, dass alles, was relevant ist über mich und mein Berlin, in diesen Büchern steht. Man braucht sie bloß aufzuschlagen, blättern, und man wird etwas wissen über die Leere in der Mitte des Zimmers.

BLÖDE KUH

Kirsten Küppers

Die Frau und der Mann sitzen auf einer Bank im Park. Jung sind sie nicht mehr, aber zusammen. Eine Ehe, in der die Gewöhnung schon so lange dauert, dass der Mann die Frau „blöde Kuh" nennt, wenn er mit ihr redet. Er spricht die ganze Zeit. Die Frau füttert die Spatzen mit altem Weißbrot, der Mann sagt: „Kommt doch hier sowieso kein Vogel mehr! Sind doch alle schon satt, blöde Kuh! Schade ums Geld!"

Die Frau guckt weg. Der Mann spricht weiter. „Wie du aussiehst!", schimpft er. „Andere können das tragen, Große und Schlanke! Bei dir sieht das zum Kotzen aus!" Die Frau schweigt. Sie hat eigentlich ganz normale Sachen an. Doch der Mann regt sich auf. Über alles: die Frau, die Schulden, die Wohnung, das Amt.

Flucht scheint unmöglich. Wenn sich die Frau wegsetzt, auf eine andere Bank, kommt der Mann hinterher. Sie streut die Brocken vom alten Brot auf den Boden, sieht weg, bleibt stumm. Er schimpft und gestikuliert. Es hört nicht auf. Man guckt die Frau an und ahnt, was ein beschissenes Leben ist. Spatzen sind auch keine da.

Wenn ihm keine Vorwürfe mehr einfallen, trinken beide Bier aus Dosen. Nur eine kurze Ruhe. Bis er seine Tirade wiederholt.

Es geht immer weiter. Alles wird schlimmer, nichts besser.

Manchmal spricht der Mann auch unvermittelt Passanten an. Sein Gesicht bricht dann in ein helles, freundliches Hallo auf. „Meine Frau ist aus dem Süden“, stellt er sie vor, macht sie zum Schatz in seinem Arm. Die Frau senkt den Kopf, zieht schüchtern den linken Mundwinkel hoch, lehnt sich ein bisschen steif an. Eine schöne Innigkeit plötzlich. Der Stoffbeutel, aus dem die beiden die Bierdosen holen, trägt den Aufdruck KaDeWe.

VERSCHLUCKT IM SCHLUND DES MANTA-ROCHENS. EINE COLLAGE

Stefan Wirner

Die Schaltzentrale der Macht ist eröffnet. Ab heute: Regieren in der Waschmaschine. Bezeichnung: Kanzleramt. Funktion: Machtzentrale. Umzug geschafft: Kanzler residiert im Kohlosseum.

Das Auge des Kanzlers ruht über der Stadt. Es ist ein grosses Auge, es ist ein stoisches Auge, seit geraumer Zeit bereits. Es ist ein großes Auge, ein monumentales Auge. Es ist das Kanzleramts-Auge. Im Spreebogen ist ein weißer Tanker gestrandet. Was nur wenige Berliner wissen, obwohl die Berliner Republik über das Kanzleramt natürlich längst alles weiß.

Darf man von einer Stunde null sprechen? Bisher richtete sich die Politik in den aufpolierten Schwermutshöhlen der deutschen Geschichte ein. Mit Gerhard Schröders Einzug in das neue Kanzleramt ist die Republik endgültig in Berlin angekommen. Deutschland zeigt hier seine wiedergewonnene Größe und ist zugleich peinlich berührt davon. Es ist nicht leicht, den Deutschen ein Kanzleramt zu bauen.

Der Mann, der einzieht, ist nicht jener, der den Auftrag gab. In einer Demokratie kann das passieren. Schröders ungeliebtes Haus steht da, wo Hitler einst seine gigantomanische Weltmetropole planen ließ. Im Spreebogen kann man gar nicht vergesslich sein. Dieses Gelände ist geradezu imprägniert mit Gift, historischem Gift. Ohne eine gewisse Größe lassen sich solche Raumwunder nicht herstellen, das ist auch im Kanzleramt zu sehen. Und das ist ein Problem, zumindest in Deutschland. Die Deutschen haben Angst vor allem, vor allem haben sie Angst vor der Grösse. Die Deutschen haben Angst – vor sich selbst und vor den anderen. Angst vor dem Risiko, vor dem Neuen, vor jeder Herausforderung.

Die Deutschen kommen in ihrem Nationalstaat an und sind doch nur auf der Durchreise. Das Misstrauen wird zur Marotte. Das Misstrauen gegen eine selbstbewusste, große, profilierte Architektur der Macht wurzelt in der deutschen Geschichte, wirkt inzwischen aber ziemlich abgestanden. Berlin ist nun auf lange Zeit die Hauptstadt Deutschlands, eines der führenden Länder Europas und der Welt. Das neue Kanzleramt gibt dem wiedergewonnenen deutschen Nationalstaat mit großer Geste einen zentralen Ort der politischen Macht in einer Zeit, in der die politische Macht des Nationalstaats verschwindet.

Der Haupteingang zum Kanzlertrakt mit den beiden nach vorne gezogenen Seitenflügeln verschluckt den Besucher wie der Schlund eines Manta-Rochens. Und wie das, was der Meeresriese mit seinem Maul aus dem Wasser seiht, fühlt man sich auch: Klein wie Plankton nehmen sich die Menschen aus, die durch diese Öffnung strömen, hinein in das 14 Meter hohe Foyer und auf eine Freitreppe zu, die von einer riesigen Betonwelle überspannt wird. Die größte Regierungszentrale der Welt ist viermal größer als das Weiße Haus. Downing Street 10 oder das Haus des niederländischen Premiers können bequem in den Seitenflügeln Platz finden.

Die Macht hat also wieder einen festen Aggregatzustand. Gut gelaunt in die Waschmaschine. Durch die Fenster blickt der Regierungschef Richtung Tiergarten und auf den Reichstag. Das neue Kanzleramt symbolisiert ein anderes Machtverhältnis: Hier sitzt der Herrscher in seinem Turm, dort das in folgsame Fraktionen zersplitterte Parlament, dem das Volk aufs Haupt steigen darf. Was dem wiedervereinigten Deutschland eher angemessen ist, wird die Geschichte erweisen. Schon ist von einer „Berliner Staatskunst" die Rede, womit nicht nur die Regierungsbauten und ihre üppige Ausstattung mit moderner Kunst gemeint sind, sondern überhaupt eine für die Bundesrepublik neuartige Hauptstadtkultur. Wenn der Kanzler Staatsgästen oder der Presse entgegenschreitet, von seinen hängenden Gärten hinabsteigt, über theatralische Treppenrampen und durch fantastische Wandschwingungen, dann wird dieses Babylon in Beton die Bilder eines neuen Deutschland in die Welt tragen. Schickt es sich für eine Demokratie, ein Machtzentrum zu haben, und darf man es sogar zeigen? Wieso soll sich das größer gewordene Deutschland nicht selbstbewusst präsentieren? Wieso soll unser Kanzleramt nicht das Pathos der Macht signalisieren? Ist die Stilistik der Bescheidenheit auch die der Adäquanz? Will das Deutschland, das sich seine ganze lange Bonner Zeit politisch-staatlich mit einer Geschäftsstelle zufrieden gab – und deshalb über allerlei heimliche Hauptstädte verfügte –, überhaupt eine wirkliche Hauptstadt?

Der Bonner Geist der Transparenz und des Unfertigen, dargestellt durch Stahl, Glas und Interimslösungen, war schon bald nach dem Regierungsumzug verflogen – nun ist der neue Wind in Zement gegossen. Das ist für die deutsche Demokratie etwas

Neues: Ein Bau ohne Piefigkeit. Das gebrochene Verhältnis der Deutschen zur eigenen Größe verändert sich in Berlin. Gegen das rheinische Biedermeier der alten Bundesrepublik, gegen seine Sehnsucht nach Konsens und Gemütlichkeit wirkt die schrille Metropole natürlich vulgär. In der Vulgarität aber, in der Unterordnung des Erkennens unter das Wollen, liegt zugleich eine große Faszination.

Ohne den strahlenden Sonnenschein hätte das Kanzleramt vielleicht einen ganz anderen Eindruck gemacht am Mittwoch bei seiner offiziellen Eröffnung. So aber flutete Licht durch die großen Fenster in die Wintergärten, die Lobbys und die Büros. Die hellen Mauern wirkten plötzlich italienisch elegant, und angenehm durchwärmt konnte man durch den großen Garten gehen. Es ist ein weiches Gebilde, ein Fest der bewegten Räumlichkeit, ein Angebot an Befreiung. Ein Mitarbeiter des Lagezentrums hält die Büros für demokratisch angelegt. Denn ihre Größe richtet sich nicht nach dem Dienstrang, sondern sei mit zwanzig Quadratmetern für alle gleich.

Die rituell bejammerte Politikverdrossenheit, die Entpolitisierung einer ganzen Generation hat auch etwas mit der Unsichtbarwerdung der Politik zu tun, dem Verschwinden der Macht: Wer nicht weiß, wohin er ziehen soll, bleibt lieber zu Hause. Schon deswegen wäre es wichtig, dass einige Demonstrationen auch direkt vor dem Kanzleramt stattfinden dürfen – als symbolische Geste, als Zeichen dafür, dass sich der Staat den Bürgern stellt. Acht Zentimeter dickes Panzerglas schützt den Bundeskanzler vor Anschlägen. Besonders abgesichert ist das vierte Stockwerk, in dem sich Räume für den Krisenstab und das Lagezentrum befinden.

Dort laufen aktuell alle wichtigen Meldungen ein, die die Sicherheit betreffen. Chaoten greifen Kanzleramt an. Auch das neue Kanzleramt in Tiergarten ist ein Ziel gewaltbereiter „linker Chaoten" – das befürchtet zumindest Innensenator Eckart Werthebach. Wenn die Maikrawalle toben und das neue Kanzleramt den Kleinmütigen zu groß erscheint, dann sind sie wieder da, die kollektiven Vorbehalte gegen das große Fratzen-Berlin mit der dunklen Geschichte. Nun sind Hauptstädte immer Inhaltsverzeichnisse ihrer Völker, Berlin aber gilt vielen nur als Narbenregister und Infektionsherd der Nation. Das neue Haus steht da als Frage. Befleckte Reinheit, Zerstörung der wahren Intention – all das spielt hinein. All das trägt bei zu einem Mythos, zu einem beschädigten Ursprungsmythos ausgerechnet bei einem Haus, aus dem heraus Politik gemacht und gelegentlich Geschichte geschrieben werden soll.

Wir wollten eine Anregung für Staatsathleten. Wir beziehen nicht Sanssouci oder Neuschwanstein. Von hier aus wird nicht geherrscht, sondern regiert. Weiter haben wir es noch nicht gebracht. Bis dahin, immerhin, schon. Hinter dem Jammern sitzt jede Menge Freude über das, was wir geschafft haben. Die Republik muss sich wichtig nehmen.

Heißt das, der Kanzler ist die Lichtgestalt der Demokratie? Da grübeln wir über Fragen, die uns die anderen gar nicht erst stellen. Die Frage ist doch selbst schon die Angst. Was hier gebaut wurde, verweist ins 21. Jahrhundert. Das Kanzleramt ist die Visitenkarte der Bundesrepublik. Also: An die Arbeit.

Alle in diesem Text verwendeten Sätze sind Zitate. Zitiert wurde aus folgenden Zeitungen: Berliner Morgenpost, Berliner Kurier, Berliner Zeitung, Frankfurter Allgemeine Zeitung, Frankfurter Rundschau, Der Spiegel, Süddeutsche Zeitung, Die Welt

WEISSER TAG (BERLINMITTETRAUM)

Tanja Dückers

an einem weißen tag
verläuft sie
die blasse
sich

gesichter taschentücher regenschirme
die straßen plakate reisebusse
die turnschuhe krankenbetten die politik
nichts lässt sich mehr voneinander unterscheiden
auf allem liegt der gleiche nebel:
leise rieselt das weh

am himmel eine fee
auf hellen schlittschuhen
fährt sie die kondensstreifen ab

am weißen tag
schläft sie
ungesehen im nebel
nackt mit einer gans im arm in einem iglu
vorm reichstag
und niemand ruft
die polizei

AN DIE S-BAHN BERLIN GMBH

Ambros Waibel

Max Ambros Waibel, M.A.
Berlin-Schöneberg
Vorgangsnummer 5020700133—-

Berlin, im März 200-

Sehr geehrte Damen und Herren,

zu dem folgenden Sachverhalt möchte ich Sie auffordern, innerhalb von vierzehn Tagen Stellung zu nehmen:

Am Donnerstag, den 8. März diesen Jahres, fuhren meine Lebensgefährtin, unser fünf Monate alter Sohn und ich gegen 16.30 von der S-Bahnstation Hohen Neuendorf mit der S1 in Richtung Wannsee.

Unser Sohn hatte sich gerade einer chiropraktischen Behandlung bei Fr. Dr. Eule, Hohen Neuendorf, unterzogen, einem – wie Fr. Dr. Eule auf Rückfrage auch schriftlich bestätigen würde – für einen Säugling höchst anstrengenden und kräftezehrenden Eingriff.

Es war deswegen unser erstes Ziel, unseren Sohn möglichst schnell und schonend nach Hause zu bringen – deswegen hatten wir uns gegen unser Auto und für die S-Bahn entschieden!

Meine Lebensgefährtin und ich waren im Besitz bis 17.00 Uhr gültiger Fahrausweise für die Zonen AB. Frau Dr. Eule, die nicht unser Hauskinderarzt ist, und die wir somit in weit auseinanderliegenden Abständen aufsuchen, führt in ihrem Schriftkopf die Anschrift „Frohnau".

Ich kann mir diese unkorrekte Ortsangabe nur so erklären, dass Fr. Dr. Eule ihre Praxis lieber im ehemaligen Westteil unserer Bundeshauptstadt angesiedelt sähe – ein Wunsch, den ich trotz der – wie oben dargelegt – seltenen Besuche in Hohen Neuendorf ihr recht gut nachfühlen kann.

Es gehört durchaus zu der hier zu klärenden Angelegenheit, wenn ich feststelle, dass sowohl ich als auch meine Lebensgefährtin (unseren Sohn lasse ich hier außen vor) uns in Hohen Neuendorf tatsächlich unwillkommen, ja unwohl fühlen.

Ich möchte mich hier gar nicht darüber auslassen, dass der das Hohen Neuendorfer Ortsbild prägende, grau in grau gewandete Früh- bzw. kahlgeschorene Jungrentner mit Blicken, die zwischen Verachtung und blankem Hass changieren, auf junge Väter reagiert, die ihr Kleinkind in einem Tragetuch transportieren; denn ich kann mich durchaus und nicht ohne Wehmut entsinnen, dass auch ich noch vor wenigen Jahren, ja wenigen Monaten, wenn nicht Wochen, Väter mit peruanischem Ökotragetuch durchaus verächtlich, wenn nicht hassenswert fand.

Dass sich jedoch direkt gegenüber dem Ausgang ihrer S-Bahnstation Hohen Neuendorf eine SA-Gaststätte befindet, lässt uns schon weniger kalt; und im Nachhinein scheint diese

Gaststätte und seine auf der S-Bahnbrücke herumlungernde Klientel mir wie ein Fanal unseres hier zu schildernden Erlebnisses bei der Heimfahrt.

Auf der Hinfahrt jedenfalls stiegen wir in Frohnau aus, merkten, dass wir falsch waren, und fuhren eine Station weiter. Dass wir uns damit in den C-Bereich begaben, war uns zu keiner Zeit bewusst.

Auf der Rückfahrt von Fr. Dr. Eule wurden wir nun von einem Ihrer Mitarbeiter kontrolliert – ich möchte vorwegnehmen, dass sich dieser Mitarbeiter weigerte, sich uns gegenüber persönlich und nachvollziehbar auszuweisen.

Ihr Mitarbeiter teilte uns nach Ansicht unserer Fahrausweise mit, wir hätten jeweils € 40,- zu entrichten.

Meine Lebensgefährtin wies ihn auf den oben erwähnten Sachverhalt hin, dass und warum wir uns also durchaus unwissend einer Übertretung um eine Station schuldig gemacht hätten; dass wir des weiteren als nicht ganz unbeleckte Groß- und Hauptstädter, hätten wir denn irgendeine Besorgnis hinsichtlich der Gültigkeit unserer Fahrausweise gehegt, uns gewiss nicht ihm, der trotz seiner Zivilkleidung bei entsprechender und begründeter Wahrnehmungsintensität durchaus als Kontrollpersonal kenntlich gewesen wäre, vor die Nase gesetzt hätten.

Auf all das reagierte ihr Mitarbeiter ignorant, doch bis dahin mochte die Sache gerade noch angehen. Nachdem wir keine 80 € bei uns hatten und meine Lebensgefährtin seit den Zeiten ihres jugendlichen Engagements bei der Antifa/Singen am Hohentwiel sich grundsätzlich weigert, ihren Personalausweis herauszugeben, gab ich ihm den meinen (ich war zu keinem

Zeitpunkt Mitglied einer linksextremistischen Organisation) und fügte wohl salopp hinzu, er könne ihn getrost behalten, ich wisse, um wen es sich bei mir handle.

Nun forderte Ihr Mitarbeiter uns auf, an der nächsten Station auszusteigen, um zusätzlich zum erhöhten Beförderungsentgelt, da es sich um ein solches eben nicht, sondern lediglich um eine Buße handle, neue Fahrscheine zu lösen, ansonsten würde er den BGS alarmieren.

Wir versuchten ihm höflich, dann zunehmend empört klarzumachen, dass wir ein höchst angestrengtes, ich kann guten Gewissens sagen: krankes Kleinkind nach Hause zu bringen hätten, und dass wir nicht ausstiegen.

Ich versuchte ihm ferner zu vermitteln, dass er in erster Linie ein Mensch und dann erst ein Amtsträger sei, denn auf diese ihnen geschuldete Loyalität als solcher berief er sich ständig – ja ihr Mitarbeiter verstieg sich im Folgenden zu einer Behauptung, die sowohl meine Lebensgefährtin als auch ich gerne geklärt wüssten:

Er behauptete – auf meine wiederholte Feststellung hin, er könne sich nicht auf seine Funktion herausreden, er sei ein Mensch mit freiem Willen, persönlich verantwortlich, wenn nicht haftbar – schließlich: „Nein, ich bin kein Mensch!"

Wir konnten und können ihm nur zustimmen.

Ich möchte an dieser Stelle einfügen, dass ich der uns gegenübersitzenden Frührentnerkleingruppe, deren Führer sich in unseren Disput mit Ihrem Angestellten mit den Worten: „Mir missen doch och bezahlen!" einmischen zu müssen glaubte, keineswegs mit einem, nach Hohen Neuendorf vielleicht nicht ganz unverständlichen, aber doch unangebrachten „Das zahlen nicht Sie, das zahlen meine Eltern in Westdeutschland“ geantwortet habe, sondern lediglich ein harmloses, durch meine dialektale Tönung in seiner Schärfe noch abgemildertes: „Sein Sie doch bitte still, Sie ham’s doch eh bald hinter sich“ entgegengehalten habe. Sollte Ihr Mitarbeiter hier Gegenteiliges behaupten, so ist er zwar weiterhin „kein Mensch“, aber ein Lügner.

Ein „Faschist“ ist er jedenfalls von uns nicht genannt worden; dass meine Lebensgefährtin sein Verhalten allerdings in die Nähe des „faschistoiden“ rückte, mag man – terminologisches Unterscheidungsvermögen vorausgesetzt – einer jungen Mutter wohl nachsehen, die mit ihrem kleinen Baby aus einem leidlich bequemen S-Bahn-Waggon auf eine Bahnrampe geworfen werden soll. Es ehrt in unseren Augen Ihren Mitarbeiter nur, dass er sich durch diesen Ausbruch meiner Lebensgefährtin beleidigt fühlte und mit einer Anzeige drohte – wir blicken dem nach Rücksprache mit unserer Rechtsschutzversicherung sehr gelassen entgegen.

Es war nichts zu machen. Meine Lebensgefährtin war sehr erregt, sie weinte, unser Kind schrie, ich schrie mein Kind und meine Lebensgefährtin an. Bis wir dann doch ausgestiegen waren, wir uns über dieses unmögliche Verhalten Ihres Mitarbeiters beruhigt, uns ausgestritten und versöhnt, Geld gewechselt und neue Fahrscheine gelöst hatten, um endlich unsere Fahrt fortzusetzen, war für unser Baby wertvolle Zeit verstrichen.

Ich möchte Sie fragen: Ist das Ihr Verständnis einer modernen Personalschulung? Lernen Ihre Mitarbeiter beispielsweise auch, Schwerbehinderte, die sich eines minimalen Verstoßes gegen die Tarifordnung schuldig gemacht haben, auf einen kalten, zugigen Bahnsteig abzuladen – möglicherweise in Hohen Neuendorf, in unmittelbarer Nähe eines SA-Lokals? Warum wurden denn Milliarden in die Infrastruktur, insbesondere in die Verkehrswege des ÖPNVs der Neuen Bundesländer investiert bzw. transferiert, wenn deren Benutzung durch preussischen Kadavergehorsam seiner Fahrgastbetreuer und ein neonazistisches Umfeld verunmöglicht wird?

Ich fordere Sie auf, diesen Sachverhalt intern zu klären und sich schriftlich dazu zu äußern.

Ich fordere Sie desweiteren auf, das erhöhte Beförderungsentgelt auf jeweils € 10,- zu reduzieren, bzw. den Vorgang bis zu einer endgültigen Klärung ruhen zu lassen.

Bis auf Weiteres werde ich meine Familie davor beschützen, die S-Bahn zu benutzen – so gute Erfahrungen ich auch bis zu diesem Vorfall mit ihr gemachte hatte.

Mit freundlichen Grüßen,
M. A. Waibel

OBST

Habemus Papam!
Habe Pampelmus!

EINMAL UM DEN KREUZBERG UND ZURÜCK, BITTE

Sarah Schmidt

Ich saß im Flur der Praxis meines Hausarztes am Mehringdamm und wartete. Es war schon mein zweiter Arzttermin an diesem Tag und daran kann jeder erkennen: Ich war krank! Und zwar nicht einfach so, wie man es gerne mal zwei, drei Tage zwischendurch ist, nein; ich war richtig krank.

Der erste Arzt sollte ein Ultraschallgemälde meiner inneren Organe anfertigen, die mein Hausarzt dann interpretieren wollte.

Die fremde Sprechstundenhilfe brachte mich in eine enge Wartekabine: „Machen Sie sich schon mal obenrum frei, der Doktor holt Sie dann!"

Nein, das werde ich nicht tun! Wenn ich einem fremden Menschen zum ersten Mal die Hand schüttele, möchte ich dabei auf keinen Fall „obenrum" unbekleidet sein. Noch schlimmer sind ja gewisse Gynäkologen, bei denen man sich „untenrum" freimachen soll, um dann mit nacktem Hintern auf einer kalten Plastikbank auf den Herrn Doktor zu warten, während man durch dünne Trennwände hindurch das Leid einer wahrscheinlich ebenfalls „untenrum" freien Frau hört. Ein Arzt, bei dem man sich nicht im Sprechzimmer ausziehen kann, das ist meiner Meinung nach ein Scharlatan.

Herr Ultraschall war nett, sah sich alles, was ich „innenrum“ habe, genau an, und zeigte sich damit zufrieden.

Auf den Flur zurückgekehrt, wartete ich, zusammen mit meinem Freund und Fahrer, den ich brauchte, denn ich war sogar zum Autofahren zu krank, auf meine Bilder.

Herr Doktor kam, drückte mir die Aufnahmen in die Hand und wandte sich an meinen Freund: „Sind Sie Architekt oder Schauspieler?“

Etwas verwirrt ob dieser direkten Art, antwortete der: „Eher Musiker.“

„Muss ich Sie kennen?“

„Nö!“

„Na, dann noch einen schönen Tag“, sagte der Arzt freundlich. Ich mag es, wenn Gespräche in kurzer Zeit so effizient geführt werden können.

Wir fuhren zum zweiten Termin und da saß ich nun, im Flur vor dem Labor. Die offizielle Besuchszeit war bereits beendet und die Tür geschlossen, als es laut und lange klingelte.

Der Arzthelfer (daran kann man schon erkennen, dass mein Arzt undogmatisch ist, denn er unterhält einen hübschen jungen Mann als seine Hilfe) machte auf und herein kamen zwei vom Leben nicht verwöhnte Underdogs, die, in weiße, zerknitterte Kittel gekleidet, mit einem Krankenstuhl bewaffnet waren.

Diese Stühle, aus Metall, mit grauem oder grünem Plastik bezogen, einer hohen Lehne und wie eine Sänfte mit Tragestangen ausgerüstet, sind eigentlich seit etwa zwanzig Jahren nicht mehr gesehen worden. Man kann damit gemütlich Treppen hoch und runter getragen werden, und genau das ist die einzige Aufgabe der beiden Gestalten: von morgens bis abends alte, kranke Menschen durch Berlin tragen.

Die Stühle erinnern mich immer an diese altmodischen Rollstühle von früher. Unbeweglich, sperrig und mit riesengroßen Rädern, so wie die arme, aber sehr reiche Klara aus der Serie „Heidi" einen hatte. Für die Alpen völlig ungeeignet und auch für die Stadt nicht gerade von Vorteil.

Zeitgleich mit den Krankenstühlen sind übrigens auch einarmige oder -beinige ältere Männer aus der Öffentlichkeit verschwunden. Früher gab's die doch an jeder Ecke, meist einen schwarzen Lederhandschuh über den Handstumpf gezogen, und manchmal auch welche mit so einer furchterregenden Eisenhand, die mittels Elektronik funktioniert.

Ich habe mir als Kind, wenn ich gesehen habe, wie ein Mann im Bus seinen Fahrschein mit der Gruselhand bezahlte, immer vorgestellt, wie es sein muss, so einen Vater zu haben. Diese Prothesen machen ziemlich laute Geräusche und es ist sicher lustig, wenn man am Mittagstisch sitzt, alles schlürft still seine Suppe, und dann seinen Vater um Salz bittet. Also: wie dann die Hand lossurrt.

Diese Männer sind verschwunden. Haben sich wahrscheinlich die ganzen unmodernen Rollstühle geschnappt und sind mit ihnen gemeinsam in eine bessere Zukunft gerollt.

Die beiden Krankentransporter sahen unheimlich aus. Rau, starke Oberarme und unrasiert. Seit Tagen. Seit Monaten fehlt auch der Friseur. Wäre ich alt und paranoid, niemals würde ich mich von denen transportieren lassen. Wahrscheinlich „untenrum" schon mal freigemacht, damit Herr Doktor nicht soviel Zeit bei der Visite verliert.

„Wir soll'n hier abholen."

„Nee, wir haben Sie nicht bestellt", antwortete der hübsche, aber natürlich schwule Assistent.

„Ist hier Praxis Mehringdamm?"

„Ja."

„Denn soll'n wir hier abholen."

„Auf welchen Namen denn?"

„Keene Ahnung."

„Nein, wir haben wirklich niemanden zu transportieren."

„Und wat soll'n wir dann hier?"

Die beiden waren augenscheinlich überfordert und frustriert. Ich schaltete mich ein: „Dann haben Sie doch jetzt frei, ist doch auch schön."

„Jarnich, keen Transport, keene Kohle, so is det in unsern Jewerbe, Froillein."

„Na, vielleicht könnte ich ja, ich muß hier sowieso noch ne Viertelstunde warten, können Sie mich doch ein bißchen rumfahren und dann wieder hier abliefern."

Die beiden guckten mich an. Wahrscheinlich war ich mindestens fünzig Jahre jünger als ihre üblichen Transporte.

„Sie müssen aber unterschreiben, sonst jibts keene Kohle, so is det."

„Kein Problem."

Wer wie ich Schmidt heißt, kann fast überall völlig sorglos unterschreiben.

Die Sache war abgemacht. Ich setzte mich auf den Krankenstuhl und alterte sofort um etwa 40 Jahre.

„Sie müssen gesichert werden, sonst dürfen wir nich hochheben."

„Gerne“, sagte ich und ließ mir einen Bauchgurt anlegen.

Die beiden hoben mich an und trugen mich aus der Praxis raus, hinein in ihr Fahrzeug. Dort wurde der Stuhl auf in den Boden verankerte Schienen gestellt und fixiert.

„Wo müssen Sie denn hin?“

Ich wählte eine Route einmal rund um den Kreuzberg und zurück zum Doktor. Schweigsam und schnell fuhren sie los.

„Haben Sie vielleicht ne Zigarette?“, versuchte ich das Gespräch in Gang zu bringen.

„Klar, is aber ne Aktive“, sagte der mit den haarigen Unterarmen und bot mir eine „Rot Handle“ an. Boah, die gibt es noch? Ich hatte seit Jahrzehnten niemanden mehr diese furchtbare Sorte rauchen sehen.

„Haben Sie auch Feuer für mich?“

„Aber roochen könn' Se alleene?“

Mein Gott, wie lange hatte ich diesen Satz nicht mehr gehört!

Hier war es also, mein gutes altes Westberlin, in dem so etwas laufend gesagt wurde. „Aber roochen kannste alleene?“, oder auch: „Biste inne S-Bahn jeboren?“, wenn jemand eine Tür offengelassen hatte. Gesprochen von Menschen, die niemals die Mengenlehreuhr am Ku'damm verstanden haben. Schon aus Prinzip nicht.

Hier versteckte es sich, in einem abgewracktem Krankenstuhltransporter in Kreuzberg. Ich verstand auf einmal. „Sagen Sie mal, fahren Sie eigentlich oft alte einarmige Männer rum?“

„Haufenweise, ooch viele ohne Beene oder mit nur einem Auge. Manche ham 'ne Metallplatte in der Stirn. Wollen alle in den alten Rollstühlen an den Stadtrand gekarrt werden.“

„Und dann?“

„Keene Ahnung, rollen einfach los, aber nicht ohne zu unterschreiben, sonst jibts keene Kohle, so ist det Jewerbe.“

Ich hatte also recht, irgendwo da draußen gab es einen Ort, voll mit männlichen Kriegsinvaliden, für die kein Platz mehr ist im neuen schönen Berlin.

Wir waren wieder bei meinem Arzt angekommen, ich unterschrieb einen dreckigen Zettel und ließ mich noch die Treppen hochtragen.

„Hier uns're Nummer, falls Sie auch mal soweit sind.“

„Vielen Dank und tschüssikowski.“

DER WOHLFÜHLKURS

David Wagner

„Wir wollen uns wohl fühlen", sagt die Kursleiterin im Bürgertreffpunkt Bahnhof Lichterfelde-West. Ein neuer „Wohlfühlkurs" des Bezirksamt Steglitz-Zehlendorf, Abteilung Soziales, hat angefangen.

„Also ich bin die Inge, ich sage einfach mal du zu euch", sagt die Wohlfühldozentin und breitet ein Tuch auf dem Boden zwischen den Stühlen aus.

Der Farbton des Tuchs erinnert an die Gewänder der Sanyassin, die in den achtziger Jahren in Fußgängerzonen zu sehen waren.

„Lasst uns einen Kreis bilden und Kerzen anzünden, reicht das Streichholz einfach weiter."

Eine der Frauen, eine von denen, die ihre Schuhe ausgezogen haben, steht noch einmal auf und schließt die Doppeltür zur Teeküche. „Sehr aufmerksam von dir", sagt die Wohlfühldozentin und räumt den Aschenbecher mit den vier abgebrannten Streichhölzern zur Seite. Die brennenden Teelichter stehen nun im Kreis um eine kleine achteckige Glasvase, in der drei Zweige Goldregen und zwei sehr kleine Sonnenblumen stehen.

Inge, die Wohlfühldozentin – sie trägt Socken aus naturbelassener Wolle, eine sackartig geschnittene Hose und einen kunstvoll zerknitterten Batikschal – nimmt eine Klangschale, stellt sie auf ihre Handfläche und schlägt sie an.

„Es kommt darauf an, die Klangschalen zu spüren“, sagt sie. Ich schließe wie befohlen die Augen und lasse die Schultern locker, spüre dem Klang hinterher und schwebe bald unter der Decke.

„Die Klangschalen wirken so wohltuend, weil sie die Körperflüssigkeiten zum Schwingen bringen“, höre ich, den Kopf fast im Gebälk des profilholzgetäfelten Bürgerbahnhofs. Hoffentlich kommt es zu keiner Resonanzkatastrophe.

„Im fernen Osten glaubt man ja, die Welt sei aus Tönen entstanden“, sagt die Stimme der Dozentin, die Klangschale aus getriebenem Kupfer geht reihum. Zärtlich schlagen die einen, zaghaft die anderen Schülerinnen des Wohlgefühls den Filzklöppel an den Rand der Schale.

„Wir sind ein Mikrokosmos im Makrokosmos“, sagt die Wohlfühldozentin, „wir schweigen, schweben und schwingen hin und her, hören den Oszillationen hinterher.“ Und ich muss, vielleicht liegt das an der Farbe des Tuchs auf dem Boden, an Ringelblumen denken, an Calendula, ich habe Ringelblumengefühle, neun Frauen und ich und der Mikro- im Makrokosmos schwingen hin und her. Und kommen wieder zur Ruhe, jedenfalls höre ich Inges Stimme, die leise Stimme des Wohllauts, die mir sagt: „Wir sind ruhig, wir fühlen uns wohl, wir lassen uns treiben, Gedanken kommen und gehen und fliessen. Und das ist ganz normal so.“

„Sagt, was euch bewegt, was in euch vorgeht“, höre ich sie nach einer Pause fragen, und könnte nicht sagen, wie lang die Pause gedauert hat.

„Ich bin ja noch sehr aufgewühlt. Ich habe einen Umzug hinter mir“, sagt eine der älteren Wohlfühlstudentinnen.

„Zur Abwechslung stehen wir mal auf, lockern uns und schütteln alles Unwohl, wir schütteln alle Sorgen einfach ab“, sagt Inges Erzählstimme, und mir fällt auf, dass der Steinfußboden da, wo die Frau rechts neben mir eben noch ihre Wollsocken hatte, nun feuchte, fußförmige Flecken hat. Die Flecken sind nicht groß, die Frau – sie trägt einen blauen Kimono-Jogginganzug und hat lange, blonde Haare, die näher an der Kopfhaut dunkler nachwachsen – hat ziemlich kleine, ja zierliche Füße.

Bis auf eine Ausnahme setzen sich alle wieder auf ihre Stühle, nur die Frau links neben mir kauert sich zurück auf ihre Decke und sagt: „Ich habe mich den ganzen Tag auf die Entspannung, auf's Langlegen gefreut. Ich hab' mich so gefreut, dass ich nicht mehr auf einem Stuhl sitzen muss.“

„Leider haben wir hier Steinfußboden“, sagt die Wohlfühldozentin, „wir können uns nicht alle auf den kalten Boden legen. Hauptsache, du fühlst dich wohl.“

„Aber lasst uns jetzt mal die Sitzfläche unserer Stühle erforschen. Und du, du auf der Decke, fühl' du nach der Sitzfläche der Decke!“ Und die Dozentin zeigt, wie die Sitzfläche eines Stuhls durch Beckenknochenbewegung ertastet werden kann. „Versucht den Kontakt zur Unterlage zu spüren.“

„Ja.“

„Ja, ich spüre.“

„Ja, ich auch.“

„Und der Atem, fühlt dem Atem nach. Atem ist ja immer bei uns, ist unser kleines Stück vom großen Lebensfluss. Unser Atemstrom.“

„Hhhaaaaahhhiiiieee. Hhhaaaahiiiieeee“.

„In die Lunge geht ja ganz viel Sauerstoff hinein.“

„Ja. Jaja. Jajajaja. Aaaaaahhh. Aaaaaahhhhhhhhhhh.“

„Stöhnen ist auch gut. Ich stöhne gern“, sagt die Wohlfühldozentin. Und stöhnt. Und ich stöhne auch.

„Singt einfach einen Ton. Spürt ihr die Hohlräume in euch? Hier, in der Brust und unter dem Schlüsselbein?“

Und ich denke, ja, ich fühle den Hohlraum in mir, die Luft, die Leere, die Leere, das Nichts. Ich fühle, und ach, ahnte ich nicht, immer schon, dass in mir bloß Hohlräume stecken, die ich, das ist so ein Zwang, dem ich unterworfen bin, immer wieder mit Flüssigkeit füllen muss?

„Man kann das alles zum Schwingen und Klingen bringen“, sagt Dozentin Inge und klopft sich auf die Brust. Und ich sehe und höre neun Frauen, die sich mit geballter Faust aufs Brustbein trommeln. Hört sich an wie ein Rudel Lasthubschrauber in einem fernen Krisengebiet, denke ich, dann klopfe ich auch. Und die wohl gefühlte, schöne, nach Ringelblumensalbe duftende Welt breitet sich auch in meinen Hohlräumen aus. Eine Welt in Duftöl, Orangenblüte und Lavendel. Und wir alle sind nett zueinander, rufen uns bei Namen, die wir geträumt haben.

„Wir lassen uns jetzt los und lassen baumeln“, sagt die Wohlfühldozentin, „wir lassen den Körper und unsere Seele im Kosmos baumeln, wir sind Mikro- im Makrokosmos.“

Und ich beginne zu vergessen, dass ich mich schon lange nicht mehr wohl gefühlt habe, ich vergesse, dass ich abends nicht einschlafen und morgens nicht aufstehen kann und betrachte, auch das wirkt auf einmal wie eine Erholung, die

Winterlandschaften und Pferdebilder an der Wand. Das müssen die Abschlussarbeiten des Aquarellkurses sein.

„Als vorvorletzte Übung formen wir jetzt eine Energiekugel“, sagt die Dozentin. Sie beginnt einen unsichtbaren Schneeball zwischen ihren Händen zu kneten. Und auch ich forme Klöße aus dem unsichtbarem Kloßteig an meinen Fingern. Mir wird warm und wärmer, meine Energiekugel wird immer größer, bis die Dozentin die Klangschale anschlägt. Wieder und wieder bimmelt das Wohlfühlglöckchen, und Inges Stimme erzählt von dem großen Baum auf der Wiese, zu dem wir geworden sind: „Wir spüren uns bis in die Baumwurzel hinein, unsere knorrige Rinde und den dicken Stamm“. Sie spricht von ausladenden Ästen, Wurzeln tief in der Erde und den Blättern im Wind.

Und ich habe, eingelullt, meine Interpretationsmaschine, die im Bild vom Baum, der aus der Wiese ragt, eine sexuelle Phantasie erkennen würde, längst ausgeschaltet. Ich höre zu, mir wachsen Wurzeln durch die Sitzfläche und ich fühle mich wohl. Nach sechs oder sieben, vielleicht auch sechs- oder siebentausend Schlägen an den Rand der Klangschale heißt es wieder: „Wir lassen los und lassen baumeln“. Ich drifte fort und werde von der Welle des anschwellenden Wohlgefühls der Schönheit hinterhergespült, da höre ich die Frage: „Wie gefällt es euch, was fällt euch ein, was stört euch?“

„Ich komme gehetzt hier an, ich schaffe es gerade eben so aus dem Büro hierher“, sagt die Frau, der ein rot-weiß gestreifter Blusenzipfel zwischen den Beinen hängt.

„Mich stört, dass alle anderen auf den Stühlen sitzen“, sagt die Frau auf der Decke.

Und ich denke, Männer trinken Bier und gucken Fußball und fühlen sich wohl. Und kommen eher selten auf die Idee, einen Wohlfühlkurs zu besuchen. Aber ich sage nichts und ich denke auch nicht an das Spiel heute Abend. Ich bin fast im Wohlgefühl angekommen, während die Frau mit den langen, blondierten Haaren, eine Frau, die meine Mutter sein könnte, mir über die Schulter und den Rücken streicht.

„Das ist eine Streichelübung", sagt Inge. „Berührung ist immer gut", erklärt sie. Und das gelte auch für die nächste Wohlfühlübung, bei der sie und ich Rücken an Rücken aneinander sitzen.

„Ihr könnt diese Übung auch gut zuhause mit dem Partner machen, Energie fließen lassen", sagt sie, als sie meinen Rücken – wir haben die Arme ineinander verschränkt – auf ihren zieht. „Die sich berührenden Rücken können miteinander sprechen, können Energie durch ihre Energiepunkte fließen lassen, sich austauschen. Unsere Rücken können sich was sagen. Sich unterhalten. Unsere Rücken können auch mal stöhnen, ja, jaaaaaah!"

„Jaaahaaaaaa!"

„Und unseren Schulterblättern wachsen kleine Flügelchen aus dem Rücken. Und grüßen den anderen Rücken," sagt die Wohlfühldozentin. Und bohrt mir ihr Schulterblatt neben die Wirbelsäule. Der Wohlfühlkurs erlaubt auch diese Berührung, denn, erklärt sie: „Schmerz schreit nach Energie." Ich schließe die Augen, und die Teelichter, die im Kreis um die Sonnenblumen stehen, leuchten wie ein vergrößerter, verfrühter Adventskranz von der Ringelblumendecke.

Und ich fühle mich wohl.

DAHEIM IST, WO MAN LIEST

Maximilian König

Zugegeben, ich bin ein notorischer Münchenhocker. Meine Stadt zu verlassen, und sei es auch nur für eine kurze Zeit, ist für mich ein emotionaler Super-Gau: Als ob man der Liebe seines Lebens den Laufpass gäbe.

Mein Freund Boris hingegen hat München schon vor Jahren den Rücken gekehrt und sich in Berlin niedergelassen. Seither telefonieren wir viel. Manchmal kommt er auch nach München, dann ist es wie früher.

Worauf ich hinauswill? Boris dreht plötzlich durch: Er möchte, dass ich ihn besuche, einfach so, ohne Anlass. Es ist mir völlig schleierhaft, wie er auf solch einen absurden Gedanken kommen kann. Er kennt meinen Standpunkt: Ich verreise, wenn überhaupt, nicht grundlos. Doch Boris lässt nicht locker. Zunächst erwähnt er den kulturellen Aspekt und schildert mir Berlin in den schillerndsten Farben. Anschließend appelliert er an unsere Freundschaft und drückt theatralisch auf die Tränendrüse. Und zuletzt täuscht er sogar eine unheilbare Krankheit vor. Aber ich bleibe stur: Ich verlasse meine Stadt nicht! Nein, meine Stadt verlasse ich nicht!

Ein paar Tage herrscht Funkstille. Dann meldet Boris sich erneut. „Wir beide sind doch Schriftsteller?“, säuselt er in den Hörer.

„Mhm."

„Und wenn wir eine Lesung haben, gehen wir auf jeden Fall hin?"

„Mhm."

„Nächsten Samstag lesen wir nämlich zusammen."

„Du kommst nach München?"

„Nee, du kommst nach Berlin. Ich hab eine super Location aufgetan."

Verwaist stehe ich in der Raucherzone am Münchner Hauptbahnhof und zische eine Zigarette nach der anderen. Ich weiß noch immer nicht, wie ich es IHR sagen soll, und SIE wundert sich, was ich hier tue: Misstrauisch beäugt SIE mich. Schließlich entscheide ich mich für die harte Tour.

„Servus", sage ich, steige in den Zug, und kurz darauf verschwindet München ICEmäßig.

Sieben Stunden Fahrt liegen vor mir. Was soll man solange tun? Die Texte noch einmal durchgehen? Eine sehr trockene Angelegenheit. Ich bin mehr fürs Feuchte und gehe an die Bar Bier picheln. Zwischendurch esse ich ein Gulasch, damit ich bis Berlin Ost nicht gänzlich versacke.

Boris empfängt mich auf dem Bahnsteig. Es regnet ins Strömen.

„Das ist also das vielbesungene Berlin. Grau, sehr grau", begrüße ich ihn.

Boris lacht und sagt: „Ich hab einen Riesentopf Gulasch gemacht. Das magst du doch, oder?"

Wir gehen zu ihm. Sein vierjähriger Sohn öffnet uns die Tür und fragt: „Wie lange bleibt der Andere?"

Nach dem Essen sitzen wir auf dem Balkon und rauchen.

Dort werden wir uns in den nächsten Tagen noch öfter aufhalten, aus Rücksichtnahme, weil Boris' Frau im siebten Monat schwanger ist. Das sind die schönsten Momente, Boris und ich plaudernd auf dem Balkon, und Berlin liegt uns zu Füßen. Boris wohnt am Engeldamm, wo früher die Mauer verlief. Er erklärt mir alles, was man vom Balkon aus sehen kann. Von der schwer sanierungsreifen Thomaskirche im Park gegenüber ist er besonders angetan. Der Pfarrer, erzählt er, hat sich im Parterre eingenistet, weil die obere Etage einsturzgefährdet ist. Er wohnt sozusagen unter seinen Schäfchen.

Abends gehen wir in die Z-Bar und führen ein stundenlanges Schriftstellerdaseinsgespräch mit dem Resümee: Viel Ehr, aber die Taschen leer. Schnaps drauf, Bier drüber! Bernd, der Barmann, entpuppt sich als wahrer Meister des Vergessenmachens. Denn danach habe ich einen Filmriss. Meine Erinnerung setzt erst wieder ein, als wir nach Hause torkeln durch einen Park, in dem das Wasser zehn Zentimeter hoch steht und dampfende Hundescheiße schwimmt. Boris trägt Stiefel, er kennt seine Stadt. Während sich in meinen Halbschuhen eine Wasser-Kot-Mischung breit macht, denke ich: In München wäre ein solches Biotop gesperrt …

Am nächsten Tag gibt es wieder Gulasch. Berlin und Gulasch müssen irgendeine Verbindung miteinander haben. Danach Sightseeing à la Boris: Bei Kaffee und Kuchen Junkies beobachten am Kottbusser Tor. Die wirken wesentlich entspannter als die bei mir zu Hause. Überhaupt kommt mir Berlin viel lebendiger vor. In München kann man Jahre mit den immer selben Gesichtern am Tresen zechen, ohne einen Satz miteinander zu wechseln. Und wenn ein Münchner sagt: „Den kenn ich gut", dann meint er vom Sehen. In Berlin hingegen ergibt ein Wort das andere, und ehe man sich versieht, ist man auf irgendein Event eingeladen. Berlin nimmt einen sofort in Beschlag.

So auch am Kottbusser Tor. Ein Typ setzt sich zu uns an den Tisch und fragt, ob wir Lust auf ein Fotoshooting hätten, weil er ein Familienkartenspiel erfunden habe und wir aussähen wie Durchschnittsväter, er bräuchte uns als Models. Wir haben Lust, aber keine Zeit. Wir erzählen ihm von unserer Lesung, und er meint sofort: „Ich werde da sein." In München undenkbar. Der Münchner hat immer ein Date. Entweder im Biergarten oder mit seinem Steuerberater. Spontane Entscheidungen sind seine Sache nicht. Ich komme langsam ins Grübeln.

Unter dem Motto „Zur Sache Schwabing – Münchner Momentaufnahmen" ist unsere Lesung in den Zeitungen angekündigt. Ich bin plötzlich skeptisch: Wer soll Interesse haben an einer Stadt, die nicht ist, was sie scheint?

Neunzehn Uhr dreißig. Jetzt ginge es eigentlich los. Aber außer dem Veranstalter, der Wirtin und uns beiden ist keiner da.

Neunzehn Uhr sechsunddreißig geht die Tür auf – es ist mucksmäuschenstill –, und herein tritt der Familienkartenspielerfinder und fragt: „Habt ihr schon angefangen?"

Mist, denke ich. Jetzt lese ich schon mal in Berlin und gerade mal einer kommt, um mir zuzuhören.

„Das wird schon noch", sagt Boris und bestellt drei Jägermeister.

Wir warten.

Eine Stunde später ist der Laden rappelvoll. Boris ist als Erster an der Reihe. Schon nach den ersten Sätzen brüllen die Leute vor Lachen, und wir beide wissen: Das wird ein guter Abend.

Wieder irritiert mich diese Stadt: In München sind die Leute überpünktlich, und während man liest, kann man eine Feder fallen hören. Berlin ist direkt. München kommt mir plötzlich vor wie eine abgelegte Geliebte, die einem winselnd am Rockzipfel hängt.

Vierundzwanzig Uhr dreißig. Der Familienkartenspielerfinder verabschiedet sich mit mehr Jägermeister als Blut in seinen Adern. „Ein rundum gelungener Abend", lallt er und schüttelt uns kräftig durch.

Wir haben Hunger.

„Du musst unbedingt einen Döner probieren", sagt Boris, „der ist hier spitze!"

Wir gehen zu Kemal und futtern den besten Döner, den ich je gegessen habe. Im Fernsehen läuft ein Boxkampf. Kemal flucht vor sich hin, weil sein Landsmann eine derbe Rechte nach der anderen kassiert. Boris und ich fiebern mampfend mit. Ein rundum gelungener Abend.

„Gehn wir noch auf'n Bier zu Bernd?", fragt Boris.

„Klar!", antworte ich und fühle mich wie Kemal, der seit zwanzig Jahren hier lebt.

Als die Sonne aufgeht, waten wir durch den Park an der Thomaskirche vorbei nach Hause. Boris' Sohn ist schon wach und fragt: „Wie lange bleibt der Andere noch?"

In zwei Stunden geht mein Zug. Während Boris das obligatorische Gulasch aufwärmt, verbarrikadiere ich mich im

Wohnzimmer. Ich will nicht zurück nach München! Ich bin jetzt Besetzer!

Als Boris mein Tun bemerkt, spricht er durch die Tür auf mich ein: „Sei doch vernünftig! Dein Fahrschein verfällt, wenn du den Zug versäumst."

„Daheim ist, wo man liest, und ich hab hier gelesen!", raunze ich zurück.

Die Zeit drängt. Boris holt Hilfe. Sein Sohn sagt zum Hausmeister: „Da drin ist der Andere und will nicht raus!"

Mit vereinten Kräften stemmen sie die Wohnzimmertür auf, zerren mich hinunter auf die Straße und schleifen mich den Bürgersteig entlang zum Berliner Ostbahnhof. Ich beiße, kratze, schlage um mich wie ein böses Kind – aber all meine Gegenwehr ist vergeblich: Sie übergeben mich einem Schaffner, und er und ein Kollege halten mich in Schach, bis der Zug sich in Bewegung setzt.

Boris und sein Sohn winken, als ich aus dem Fenster kucke. Ich grinse sie irre an: Winkt ihr nur, mit dem nächsten Zug kommt er zurück, der Andere!

ECHT BERLINER GÖRE

Manja Dornberger

Ick bin 'ne echt Berliner Göre und stolz druff wie Helene, nich nur eenen Koffer hätt ick hier, wär ick die hold Marlene. Wenn ick nach Hause komme von woanders, springt mir det Herze über, da kann ick ja nich anders, ick bin so froh, weil hier kenn ick ma aus, ick kenn die Straßen und die Seen, und ooch die janz normalen Staus. Berlin is wie 'n Dorf, nur größer, man kann sich aus'm Weg hier gehen, und trotzdem triffste alle wieder, wenn de wolltest jar keen sehen.

Eben bei der Blumenfrau wollt ick mir wat koofen. Diese da, aber in blau. Sacht se: Ham wa nich, janz unjelogen. Dann nehm ick jene Alpenveilchen, drei Stück davon, wenn's jeht. Nu jut, sacht 'se, packt ein, ick warte uff die Ansaje des Preises, doch nüschte kommt von ihre Lippen, keen Wort, nich mal 'n leises. So stehn wa nu 'n Weilchen, stur über die drei Alpenveilchen, bis sie dann endlich irjendwann, und ziemlich unjehemmt sacht: Nu stell'n se sich nich hinten an, eens kostet 49 Cent, rechnen könnse det do ooch alleene oder woll'n se, dass ick weene? Nee, nee, sach ick, bloß keene Tränen, ick zahl und jehe grinsend los.

Von solchen jibts nur wenije.

Am Kanal ist heute Türkenmarkt, keen Durchkomm uff der Seite, wenn vor dir drei so Mamas stehen mit Kind und Tüten an die Hände, da siehste keene Straße mehr und so ooch nich ihr Ende.

Drum biste clever, sach ick mir, und fahr woanders lang, da läuft mit doch jenau vor's Rad so'n durchjeknallter Mann, der janischt sacht, nur irjendwat nuschelt, mir aber dann, mit ernstem Blick 'nen Bierdeckel jibt, uff dem jeschrieben steht, det alle Plomben sind mit Sender. Ick starr ihn an, nu lächelt er und zeigt uff sein Jebiss, det, wie ick sehe, ooch ja nich mehr vorhanden is. Ick nicke, lächle, fahre weiter und frag mich jetzt, wat der wohl isst.

In Kreuzberg trink ick jerne, Oranienstaße hin und her, da kriegste deine Sterne, vielleicht sojar noch mehr. Und Morjens dann die U-Bahn lang und rin in die Spelunke, die sind noch alle fit da drin, det soll man ja nich glooben, tanzen sich die Füße wund, schwitzen aus'n Poren, bis mittags und noch länger. Hier kannste ewig feiern, wenn de willst, det is ja keen Problem, nur Jeld brauchste, und 'n juten Trinkkumpan sollste nich verachten, der könnte dann im Zweifelsfall 'n bisschen uff dir achten.

Wenn ick mir verausjabt habe, muss ick noch wat essen, da find ick leicht in dieser Stadt 'nen Imbiss oder Dönerstand, der noch nich jeschlossen hat, da kann ick mir dann laben, und bin ick endlich dick und satt, mir selbst nach Hause tragen.

Uff'm Wege, beim Verdauen, bemerke ick die vielen Tauben, die in ihrer puren Not, picken an dem Hundekot, der hier doch sehr häufig ist. Darf man nich druff treten, deswejen viel Berliner ooch, mit jesenktem Kopfe jehen.

Nu seh ick noch zu juter Letzt, den Nachbarn von Parterre, der macht so'n Krach, det bei mir im 4.Stock, die Wände wackeln ohne Stop, ick lieje wach, so jeh ick runter – und denke noch, der Lehmann is janz nett mitunter, ick stehe vor seim Kiekerloch, er macht mir uff – ja nich behände, wat muss ick sehen? Hr. Lehmann is am Ende. Drum jibt er Gas und lässt nicht los, die Hand von seiner Kettensäjie, die kurz zuvor er noch janz stolz, bei ebay konnt erstehen. Jetzt hackt er allet kurz und klein und ick steh doof daneben.

Ick frag: Herr Lehmann, wie soll det jehen, wie soll ick schlafen können bei dem Krach? Er kiekt mir an, nich ohne Gram, und sacht: Kümmer dir um deenen eijen Kram und laß mir hier mal machen, det jeht dir nich die Bohne an, wat ick tu mit meene Sachen.

Det stimmt schon so und is janz richtig, aber wissen se, meen Schlaf is mir doch wichtig, drum bitt ick sie in meiner Pein, lassen se det Säjen sein!

Berlin is voller Spinner, det is hier so, det war schon immer, hier kann und soll eben jeder, in seiner Weise glücklich werden – jetzte oder später.

Mit Oropax fall ick ins Bett, jeschwächt und trotzdem froh, weil diese janz besondre Luft, die kriegste nirjendwo woanders noch, nur hier in Berlin.

AUF MONTAGE IN DER HAUPTSTADT

Ralf Niemczyk

„Ich hoffe, dass wir uns einmal in besseren Zeiten wieder sehen", sagte der Mann von Borsig zum Ende einer Werksführung über das backsteinerne Betriebsgelände im Wedding. Als westdeutsche Auszubildende von Bayer Leverkusen waren wir damals im Frühsommer 1984 auf „Industriefahrt" in West-Berlin. Tagsüber Fabriken anschauen, abends versuchen, am Türsteher des Dschungel in der Nürnberger Straße vorbei zu kommen. Muff und Mehltau lagen über der einstmals mit Abstand größten deutschen Industriestadt. Produktionstechnisch eine verlängerte Werkbank mit günstigen Frontstadt-Steuersätzen, innovationstechnisch durch die absurde Insellage extrem abgekoppelt vom Rest der Welt. Ansonsten war sie die Stadt ohne Sperrstunde und fideler Fluchtpunkt vor der 15-monatigen-Wehrpflicht; was im Freundeskreis durchaus ein gewichtiges Argument für einen Berlin-Zuzug darstellte.

Unser Fünf-Tage-Parcours führte uns jedenfalls in die Zigaretten-Macherei von Phillip Morris und in die Berliner Dependance des Computerbauers IBM, wo lustige kleine Industrieroboter durch die ultracleane Montagehalle kurvten. Doch nirgendwo ging es so gespenstisch zu wie hinter dem berühmten Backstein-Werkstor der Gründerzeiten-Legende August Borsig. In der düsteren Angestellten-Kantine gab es

Rindsgulasch mit Salzkartoffeln. Beschürzte Serviererinnen reichten den kleinen Blattsalat anbei in geschliffenen Glasschalen. Hier, wo einst Industriegeschichte mit der Fertigung von Lokomotiven und Turbinen geschrieben wurde – das spürten sogar gelangweilte Wessi-Lehrlinge – sollten bald endgültig die Lichter ausgehen. Abschied vom Produktions-Standort. Meine erste intensive Beschäftigung mit der Arbeitswelt (West) Berlins.

Seitdem bin ich immer wieder gekommen. Zum Arbeiten in eine Stadt, in der es eigentlich nichts zu arbeiten gab und gibt. Mal kürzer, mal länger, mal für über zwei Jahre Mitte der Neunziger. Natürlich hat Berlin nach dem Mauerfall seine Position rasch analysiert und sich mit durchaus verständlicher Hysterie als „internationale Dienstleistungs-Drehscheibe" zwischen Ost und West vermarktet. Die Rückkehr nach „Feuerland" jedenfalls, wie die Region entlang der Charlottenstraße nach der industriellen Revolution angesichts der hier angesiedelten Gießereien und Metallfabriken genannt wurde, verbot sich von selbst. Das postindustrielle Zeitalter war ja längst ausgerufen. Neben dem Regierungs-Tross mit Beamten, Lobbyisten und Funktionären setzten die Strategen auf Medien, Kultur, Mode. Kurzum: Auf die „creative industry", die weder rauchende Schlote noch Schichtarbeiter im Blaumann benötigt. Das wiederum passt ausgezeichnet zur hedonistisch-avantgardistischen Prägung Berlins, das seit jeher Selbstverwirklicher aus der ganzen Welt (plus New York) angezogen hat. Immerhin ist Berlin nach wie vor die einzige Hauptstadt der Welt, in der die Wohnungs- und Gewerbemieten günstiger sind als in den Provinzmetropolen des Landes. Der so genannte „euro trash", der sich früher in den (heute verschwundenen) Nischen Manhattans ansiedelte, um ganz dicht am Puls der Zeit zu hausen, wohnt heute – mit noch nicht abschätzbaren Folgen – zwischen Charlottenburg und Friedrichshain. Eine Migration der besonderen Art, wie sie, unter anderen Voraussetzungen, auch aus Hollywood, London, Paris und Mailand bekannt ist. Es gilt der gute, alte Sinatra-Merksatz: „If you can make it there, you can make it everywhere!". Oder auch die spätere New-Wave-Entsprechung „First we take Manhattan, then we take Berlin."

Getragen von zumeist gut ausgebildeten Menschen, welche die anglo-amerikanische Soziologie „voluntarily poor" nennt. Freiwillige Hungerleider also, die darauf warten, mit ihrem DING ganz groß raus zu kommen. Eine fiebrige Hoffnung auf ein Zukunfts-Ticket, das logischerweise auch ungezählte Gestrandete und Abgestürzte hervorbringt, die langsam aber sicher im Nightclubbing- und Drogen-Babylon Berlin untergehen. Die Versorgung der Stadt mit Psychotherapeuten jeglicher Coleur ist nicht von ungefähr eine der dichtesten in der westlichen Hemisphäre. Eine Stadt also zwischen Glitzertraum und Zentralfriedhof der Ideen. Und bei dieser Betrachtung ist das vom Hamburger Spiegel gebrandmarkte „Ghetto Neukölln" und die abgewickelte DDR-Arbeiterschaft zwischen Hohenschönhausen und Oberschöneweide noch nicht einmal berücksichtigt.

Zweifellos eine überaus SPANNENDE Gesamtsituation, bei der man sich ohne große Diskussion am viel beschworenen „Puls der Zeit" fühlen kann. Berlin als „place to be", den selbst die nüchternen Tagesthemen in regelmäßigen Beiträgen verkaufen, wenn etwa total geflashte Koreanerinnen über die örtliche Kunstszene oder Jungbanker aus Boston über den Spree-Spirit losphilosophieren dürfen.

Dumm nur, dass die Einzelschicksale in der Berliner Arbeitswelt mit dem überaus SPANNENDEN Gesamtbild der Stadt in den wenigsten Fällen mithalten können. Dieser Eindruck entspricht dem normalen Ausgehverhalten des normalen Berliner Kiezbewohners. Zwar sind die theoretischen Möglichkeiten des Absturzes quasi grenzenlos. In der Praxis landet man trotzdem in der nächst gelegenen Eckbar. Teils aus menschlich allzu verständlicher Bequemlichkeit, teils aus verschrobenem Bezirks-Stolz, der sich in beiläufigen Sätzen niederschlägt wie „in den Osten fahr' ich nicht“ oder „am Prenzlauer Berg sind doch nur Medienwichser aus Schwabing“.

Mir ist es, in verschiedenen Anläufen, nie gelungen, in dieser schrillen Gemengelage auch nur ansatzweise heimisch zu werden. Irgendwas hing immer schief in diesem Vieleck aus Privatleben, Szene und Geldverdienen. Dieses ständige Werden Berlins führt nicht nur zu weiterhin absurd niedrigen Honorarangeboten (mit der nonchalanten Begründung, dass die Lebenshaltungs-Kosten entsprechend niedrig seien), sondern auch zu einer unnötig aufgeregten Lebensart. Als würden auf der Kastanienallee jeden Tag mindestens zwei Nadja Auermanns entdeckt.

Und irgendwann habe ich es aufgegeben, dass man irgendwann – von wegen „place to be“ – doch umziehen muss. Man MUSS nicht! Es gehört zu den weit verbreiteten Irrtümern in der Medien-/Kultur-/Mode-Debatte, dass Berlin einen irgendwie gearteten Informations-Vorsprung (= Standort-Vorteil!)

gegenüber der Provinz habe. Diese Denke stammt aus einer Punk-in-London- oder Rap-aus-der-Bronx-Ära, die immer noch an den geografisch genau fixierten subkulturellen Urknall glaubt. „Waiting for the train that never comes" nannte die englische Popgruppe Madness dieses Syndrom in einem ihrer Songs. Vielleicht stellt sich beim Warten auf das nächste große Ding zwischen Berlinale, dem Techno-Gebolze im Berghain und dem Umzug des Bertelsmann-Buchclubs ja jene Gelassenheit ein, welche manch einen gebürtigen Berliner oder gebürtige Berlinerin vom hysterischen Rest unterscheidet. Ansonsten kann man ja immer wieder ankommen. Und wegfahren. Eine „en passant"-mäßige Konstante, die sich ohnehin durch die Geschichte des Berliner Arbeitslebens zwischen schlesischen Dienstmädchen (19.Jahrhundert) und schwäbischen Webmastern (21. Jahrhundert) zieht. Manche schlagen Wurzeln bei diesem Wechselspiel. Ich nicht. Aber das durchaus mit Genuss.

5. Eben zur selben Stunde gingen hervor Finger wie einer Menschenhand, die schrieben, gegenüber dem Leuchter, auf die getünchte Wand in dem königlichen Saal; und der König ward gewahr der Hand, die da schrieb.

6. Da entfärbte sich der König, und seine Gedanken erschreckten ihn, daß ihm die Lenden schütterten und die Beine zitterten.

7. Und der König rief überlaut, * daß man die Weisen, Chaldäer und Wahrsager hereinbringen sollte. Und er ließ den Weisen zu Babel sagen: Welcher Mensch diese Schrift liest und sagen kann, was sie bedeute, der soll mit Purpur gekleidet werden und eine goldene Kette am Halse tragen und der dritte Herr sein in meinem Königreiche. * K. 2, 2; 4, 3.

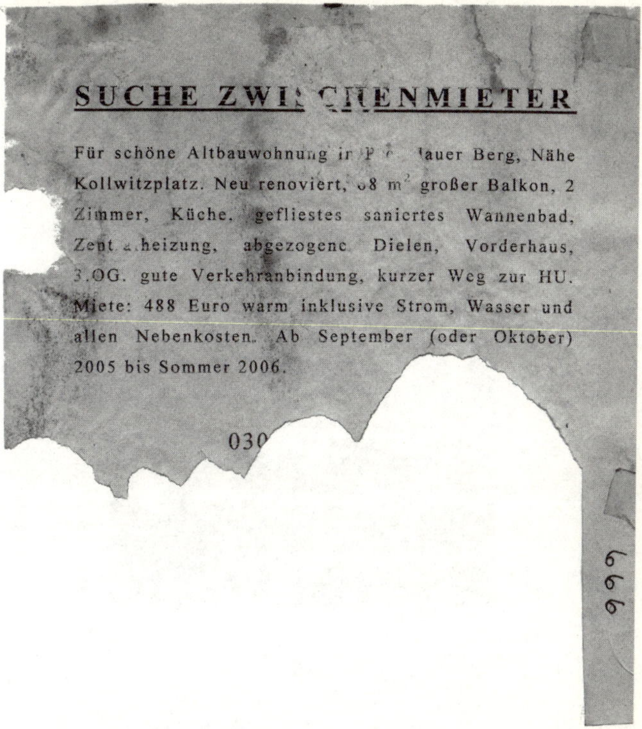

SUCHE ZWISCHENMIETER

Für schöne Altbauwohnung in Prenzlauer Berg, Nähe Kollwitzplatz. Neu renoviert, 68 m^2 großer Balkon, 2 Zimmer, Küche, gefliestes saniertes Wannenbad, Zentralheizung, abgezogene Dielen, Vorderhaus, 3.OG. gute Verkehranbindung, kurzer Weg zur HU. Miete: 488 Euro warm inklusive Strom, Wasser und allen Nebenkosten. Ab September (oder Oktober) 2005 bis Sommer 2006.

030

ZWEIFEL

Mene, Mnee, Tegel, U=pharsin

ODE AUF DIE DEUTSCHE PISSOIRLANDSCHAFT

Peter O. Chotjewitz

Gerne schriebe ich Dir
über Trier.
Oder Euch zwei
über Norderney.
Ihr dürftet mich auch fragen
nach Hagen.
Oder nach Grünau
im Frühtau
zu Berge erfreut
in Bayreuth.
Warum mögt Ihr keine netten
Metropolen wie Remstetten,
Wig in Ketten,
Heim in Metten?
Es betrübt mich so,
keiner mag Klärwo.
Nach Stralsund
fragt kein Hund,
wo ich gerne schreiben täte
wie auch über Tante Käthe

aus Worpswede.
Keiner fragt nach Ziegenhain
ist ein hübsches Städtelein,
hat ein sicheren Knast
wo die Wachtel prasst.
Warum habt Ihr nicht Interessen
an den Städten in Osthessen -
Fulda, Hünfeld, Philippstal,
Lieblos, Sieglos, Hungermal?
Celle
habt Ihr auch vergessen,
gelle?
Überall schon war ich Lümmel,
ob in Wiesloch oder Krümmel.
In Prüm
trieb ich mich rüm!
War ein Schalk
in Pasewalk.
Granatenblau in
Prenzelau.
Ein geiler Bock
in Rostock.
Zu Weibern kalt
in Greifswald.
Sah Nazis, die verwesten,
in Dresden.
War unten durch
in Magdeburg.
Ein Demiurg

in Mersburg!
Verschissen
in Hinterzissen.
Wie ein Pfeil
in Rottweil.
Anschließend matt
in Weil der Stadt.
In Bremerhaven
eingeschlafen.
In Winterspelt
ein Friedensheld.
In Kyritz an der Knatter
eine Natter.
Ich könnte singen
ein Lied aus Bingen!
Einen Schmähgesang
aus Hindelang!
In Münster
war es finster.
Im Grass ein Schneck
war ich in Lübeck.
Wie Martin Walser so reaktioner
in Wasserburg am schwäbischen Meer!
Ein Floh
aus Gütersloh
auf dem Marsch
zu Alexander Kluge am Arsch.
Ohne Flöhe
in Homburg vor der Höhe.

Auch in Landsberg am Lech
hatte ich Pech.
Oder meint Ihr Kosel
an der Mosel
sei eine andere Stadt,
wo man mich umjubelt hat?
Hirn
in Kirn?
Stil
in Kiel?
In Knappsack
Geschmack?
Keine Maden
in Baden-Baden?
Keine Klagen
in Remagen?
Mehr Glück
in Osnabrück?
Für Euch wäre ich in Basel
ein liebes Hasel!
Ein Mensch mit Shawl
in Wuppertal!
Am Nabel Schorf
in Düsseldorf!
Ein Kerl mit dicken Titten
in Witten
an der Ruhr!
Ihr ruft immer nur:
Frankfurt, Kölle, Berlin!

Wer fährt da freiwillig hin?
Da liegen mehr verfrorne Hunde in der Scheiße
als in Görlitz an der Neiße!

Euer Chotjewitz
nach Diktat verschwunden
über Austerlitz
Richtung Ostermunden.

ZU DEN AUTORINNEN UND AUTOREN

Barbara Bollwahn begann als Dolmetscherin für Spanisch in Sachsen und endete als Reporterin und Ost-West-Kolumnistin bei der taz in Berlin. Nebenbei, aber mit Leidenschaft, macht die B.B., Baujahr 1964, Radiobeiträge.

Manja Dornberger, 1976 geboren in Berlin-Mitte, Studium des Kommunikationsdesigns, Malerin, Fotografin und Barkeeper.

Peter O. Chotjewitz, geboren 1934 in Berlin. Malerlehre, Musikstudium, Jurastudium, seit 1965 freiberuflich als Autor und Übersetzer tätig. Allerlei Romane, Sachbücher, Hörspiele. Einige Preise. 2003 erschien „Machiavellis letzter Brief" (Roman), 2004: „Alles über Leonardo aus Vinci". Im Verbrecher Verlag erschienen 2004 die Erzählung „Urlaub auf dem Land" und die Wiederauflage des Romans „Saumlos".

Tanja Dückers, 1968 in Berlin (West) geboren. Abgeschlossenes Studium: Nordamerikastudien/Kunstgeschichte/Germanistik. Zahlreiche Auslandsstipendien (u.a. Krakau, Prag, Los Angeles, Barcelona) und Preise. Neben Prosa-Arbeiten auch drei Lyrikbände, ein Theaterstück, Hörspiele und Essays. Jüngste Veröffentlichungen: „Himmelskörper", Roman (2003), „Mehrsprachige Tomaten", Lyrik-CD, mit Musiker Bertram Denzel (2004). Im Frühjahr 2006 erscheint der Roman „Der längste Tag des Jahres".

Nils Folckers, geboren 1968, aufgezogen in Melsungen, studierte in Marburg Germanistik und Politikwissenschaft, wohnt in Kreuzberg als Literaturwissenschaftler, Lektor und Herumtreiber. Steckt in der bekannten „Klemme des bürgerlichen Autors, der von entfremdeter Arbeit nicht leben mag und von unentfremdeter nicht leben kann" (und noch mal Hacks). Zuletzt im Verbrecher Verlag: „Marburganderlahnbuch" (Hg. mit Ambros Waibel, 2003).

Oliver Grajewski, geboren 1968. Er absolvierte ein Meisterschülerstudium an der Hochschule der Bildenden Künste zu Berlin, in der Klasse von Dieter Appelt. Er arbeitet als Comiczeichner, Bildender Künstler und Illustrator für Print- und Onlinemedien in Berlin. Die Ausgaben 16 bis 19 seines Magazins „Tigerboy" sind im Verbrecher Verlag erschienen.

Sarah Herke, geboren 1982 in Berlin, Abitur in Göttingen, Rückkehr nach Berlin, seitdem Studium.

Martin Hiebl, geboren 1969 in München, lebte ebenda, in Köln und Wien, um letztlich in Berlin anzukommen. Studium der Sozialarbeit. Arbeit beim Musikfernsehen, als Cinematographer, Barmann und freier Autor für Tages-, Wochen-, und Monatsprintmedien. Im Augenblick redaktionelle Mitarbeit bei einem Berliner Radiosender. Verehrt Arthur Lee & Love sowie den TSV 1860 München.

Meike Jansen, geboren 1968 in Osnabrück. Kulturvermittlerin und -produzentin. Seit 1998 in Berlin. Text zu den Bildern: aus einem 1793 verfassten Brief Friedrich Schillers an einen Unbekannten, aus: „Über die ästhetische Erziehung des Menschen", Reclam, 2005 – Werbemittel der Kulturstiftung des Bundes, Auslageort: Volksbühne, Rosa-Luxemburg-Platz.

Barbara Kalender, geboren 1958 in Stockhausen/Hessen. Seit 1990 erscheinen viermal jährlich die Folgen von „Schröder erzählt". Jörg Schröder erzählt Barbara Kalender, die Tonbandabschrift wird anschließend von beiden Autoren redigiert. Der vorliegende Text ist ein Auszug aus der 3. Folge der Schwarzen Serie „Ausländer, Behinderte, Andersdenkende". Informationen zu „Schröder erzählt" jederzeit gern: MÄRZ Desktop Verlag, Wexstraße 29, D-10715 Berlin. E-Mail: maerz-verlag@t-online.de

Bayram Karamollaoglu lebt schon lange in Kreuzberg. Viel zu lange, wie er manchmal findet.

Jürgen Kiontke, Journalist und Autor, wohnte in Bonn, wohnt in Berlin. Im Verbrecher Verlag erschienen: „Little Class" (2005).

Susanne Klingner, geboren 1978 in Berlin, 1998 weggezogen und seitdem begeistert von folgendem Satz, der beim Kennenlernen fremder Menschen öfter fällt: „Du kommst aus Berlin? Cool, dann kennst du bestimmt meinen Kumpel Klaus." Ja, klar.

Knud Kohr lebt seit 1966. Er schreibt Drehbücher, Prosa und Reisereportagen. Manchmal spielt er auch in Filmen mit, oder er modelt als böser Superheld in der Werbekampagne eines US-amerikanischen Sportswear-Herstellers. Sein Buch „Die enge Welt" mit zwölf Reiseerzählungen erscheint 2006 im Verbrecher Verlag.

Maximilian König lebt als Autor und Archivar in München.

Kirsten Küppers ist 32 Jahre alt und arbeitet als freie Journalistin in Berlin. 2005 erschien im Verbrecher Verlag „Kleine Beile".

Philip Meinhold, geboren 1971 in Berlin (West), Ausbildung zum Buchhändler, Besuch der Berliner Journalistenschule, seit 1995 Tätigkeit als freier Journalist – für Radio Fritz vom Rundfunk Berlin-Brandenburg sowie diverse Zeitungen und Zeitschriften. Ab 2001 Studium am Deutschen Literaturinstitut Leipzig. Walter-Serner-Preis 2003 und Georg-Christoph-Lichtenbergpreis 2003. Veröffentlichungen in Anthologien, sowie: „Apachenfreiheit" (2002).

Kolja Mensing, Jahrgang 1971, lebt als Schriftsteller, Filmemacher und Kritiker in Berlin. 2002 erschien sein Debütroman „Wie komme ich hier raus? Aufwachsen in der Provinz". Im Programm des Verbrecher Verlags ist er mit seinem interaktiven Heimatfilm „13terStock – Geschichten aus dem Hochhaus" vertreten. (www.koljamensing.de)

Ralf Niemczyk, Journalist und Autor, begann 1981/82 beim Kölner Musik- und Popkulturmagazin SPEX; zwischen 1985 und 1995 Redakteur und Mitherausgeber. 1988/89 Mitbetreiber des Kölner Dance-Clubs Rave. 1992 im Entwicklerteam des TV-Musikmagazins „Lost In Music" (arte, 3sat, ZDF), ausgezeichnet mit einem Grimme Preis. Zwischen 1995 und 1997 Schlussredakteur und CvD beim Techno-Magazin Frontpage in Berlin. Zwischen Anfang 2000 und Mitte 2002 Chefredakteur beim Online-Forum popkomm.de. Diverse Buchbeiträge, zwei Buchveröffentlichungen.

OL, geboren 1965 in Berlin. Lebt in Berlin. Arbeitet in Berlin. Verreist gern. Er zeichnet seit 1990 Cartoons und Illustrationen für verschiedene Zeitungen und Zeitschriften, unter anderem für die Berliner Zeitung, Die Zeit, Zitty, Titanic und Jungle World sowie Theaterplakate und Buchillustrationen. Diverse Ausstellungen in Deutschland und außerhalb. Zuletzt erschien: „Das malerische Werk – Acryl und Aquarelle" (2005).

Sven Regener, geboren (1961) und aufgewachsen in Bremen, lebt seit 23 Jahren in Berlin, singt und spielt seit 20 Jahren bei Element of Crime und ist seit fünf Jahren Schriftsteller („Herr Lehmann", „Neue Vahr Süd").

Jana Schmidt, Jahrgang 83, kam aus Darmstadt in die deutsche Kulturmetropole. Geprägt vom kleinbürgerlichen Charme der Zweikneipenstadt fällt es ihr nicht leicht, mit der berlinerschen Ohneendementalität umzugehen. Sie flüchtet sich deswegen in ihr Studium.

Sarah Schmidt, geboren 1965, Autorin, Berlinerin seit früher Jugend und aus Überzeugung. Besitzt keine Haustiere, stattdessen ein Akkordeon. Liest seit neun Jahren bei Berlins größter Lesebühne Der Frühschoppen; mit ihren Kurzgeschichten jeden Sonntag, 13 Uhr, im Berliner Schlot zu erleben. Veröffentlichte ihren ersten Roman „Dann machen wir's uns eben selber" im Verbrecher Verlag (2004). (www.sarah-schmidt.de)

Jörg Schröder, geboren am 24.10.1938 in Berlin, ist Verleger des MÄRZ Verlages, dessen Archiv im Jahr 1987 das Schiller Nationalmuseum / Deutsches Literaturarchiv in Marbach a. N. übernahm. Seit 1990 erscheinen viermal jährlich die Folgen von „Schröder erzählt". Jörg Schröder erzählt Barbara Kalender, die Tonbandabschrift wird anschließend von beiden Autoren redigiert. Der vorliegende Text ist ein Auszug aus der 3. Folge der Schwarzen Serie „Ausländer, Behinderte, Andersdenkende". Weitere Informationen siehe Barbara Kalender.

David Wagner, geboren 1971, Schriftsteller, lebt in Berlin. Zuletzt ist erschienen „Der Kunstschütze galt als einer der wenigen Artisten", Gedichte, Berlin 2005. (www.was-alles-fehlt.de)

Ambros Waibel, geboren 1968 in München, lebt in Berlin. Hauptstadt- und Lebensmotto: A Roma si fa' la fede – e fuori ci si crede! Im Verbrecher Verlag erschienen die Bücher: „My private BRD" (2002), „Imperium eins" (2003) und „Marburganderlahnbuch" (Hg. mit Nils Folckers, 2003).

Florian Werner, geboren 1971, lebt als freier Autor, Literaturwissenschaftler und Übersetzer in Berlin. Seine Karaoke-Seifenoper „Rachengold" hatte im Herbst 2002 am Stadttheater Hildesheim Premiere. Im Frühjahr 2005 erschien sein Erzählband „Wir sprechen uns noch". Er ist Mitglied der Literatur- und Musikgruppe Fön, deren erster gemeinsamer Roman „K.L. McCoy: Mein Leben als Fön" im Herbst 2004 veröffentlicht wurde. Zugleich erschien die schöne Fön-CD „Wir haben Zeit".

Stefan Wirner wurde 1966 in Weiden in der Oberpfalz geboren. Er schreibt für verschiedene Zeitungen und ist Redakteur der Wochenzeitung Jungle World. Im Verbrecher Verlag veröffentlichte er „Installation Sieg. Eine Kalligraphie des Krieges" (1999), „Berlin Hardcore. Eine deutsche Farce in Zitaten" (2000) und „Schröderstoiber" (2002).

Stephanie Wurster lebt seit 1995 in Berlin. Sie arbeitet als freie Autorin und als Redakteurin beim Jugendmagazin fluter.de.

VERBRECHER
VERLAG

LEIPZIGBUCH

(Hrsg.: Jörg Sundermeier
und Susanne Klingner)
224 Seiten
13 €, 24 SFr
Erstausgabe
ISBN: 3-935843-51-8

Leipzig liegt dazwischen. Zwischen den lauten Sachen und den leisen Dingen. Zwischen Bundesverwaltungsgericht, gescheiterter Olympiabewerbung, Leipziger Buchmesse, dem gigantomanischen Völkerschlachtdenkmal. Und dem Leisen, das (Wahl-)Leipziger dazu hinreißt, ihre Stadt den besten Ort der Welt zu nennen: junge Literatur- und Kunstszene, Bekloppte und Geniale, Parks und Seen, leerstehende Häuser und Fabriken, Kellerclubs und die schrulligen Einheimischen. Texte und Bilder von Melanie Arns, Roger Berger, Barbara Bollwahn, Björn Carius, Peter O. Chotjewitz, Tatjana Doll, Anne Glück, Oliver Grajewski, Tobias Hülswitt, Meike Jansen, Paul Kaltefleiter, Martin Klindtworth, Susanne Klingner, Christina Kretschmer, Izy Kusche, Arne Linde, Leonhard Lorek, Thomas Magosch, Philip Meinhold, Kito Nedo, Haimo Perkmann, Ekkehard Petzold, Tobias Rentzsch, Ronald M. Schernikau, Christian Y. Schmidt, Dirk Schmidt, Eva Simon, Barbara Streidl, Tina Uebel, Ambros Waibel, Michael Weins und Stephanie Wurster.

Verbrecher Verlag Gneisenaustraße 2a 10961 Berlin
www.verbrecherei.de info@verbrecherei.de

VERBRECHER
VERLAG

Jim Avignon
WELT UND WISSEN
Bilder + Geschichten

180 Seiten
80 Abb.
durchgehend vierfarbig
14 €, 28 SFr
ISBN: 3-935843-16-X

Ein neues Buch von Jim Avignon, diesmal gestaltet er einen fiktiven Wissenschaftsatlas, der die verschiedenen Wissenschaftsdiziplinen vorstellt – absurde Grafiken und Landschaften, die unsere Welt erklären.
Dazu stellen seine Freundinnen und Freunde, unter anderem Almut Klotz, Dietmar Dath, Andreas Rüttenauer, Kolja Mensing, Linus Volkmann, Françoise Cactus, Christian Gasser und Tom Combo, Texte, so dass die Welterfahrung komplett wird. Ein Bilder-Lesebuch der angenehmen Art.